當代商神

10 隱形商神

大結局

何常在 著

目錄
Contents

第一章

異變陡起

四人同時舉起雙手，從口袋中拿出兩樣東西——打火機和酒。用酒燒船比用汽油燒船高明多了，酒後失火是一個很好的理由，四名大漢動作整齊劃一，正當幾人的打火機要點燃遊船之時，忽然，異變陡起！

畢京走出了夠遠的距離，確定坐在船中的商深等人聽不見時，才拿出了電話。

天很冷，他沒戴手套，手被凍得有些發抖。他按下了快捷撥號，幾秒鐘後，電話接通了。

「怎麼樣了？」畢京的聲音和天氣一樣陰冷。

「一切準備就緒，隨時可以動手。」話筒中傳來的是黃漢的聲音。

「黃廣寬沒有懷疑？」

「沒有，他還認為一切都在他的控制之中。」

「別讓他離開北京，事情一成，他就是替罪羊。」畢京眼中閃過一絲殺意，事到如今，不下狠手不行了，否則黃廣寬也會置他於死地。

畢京並沒有深思一個很有意思的問題，他和黃廣寬本來是要共同對付商深，結果算計來算計去，商深到現在還毫髮未傷，他和黃廣寬卻已經劍拔弩張，只差最後一步圖窮匕見了。

「放心，黃廣寬還等著你一出事，他第一時間上門討債，好要回七千萬的貨款——反正你還沒有和他簽合同，到時他說多少是多少。五千萬，別說要七千萬，要一億也是他一句話的事。」

黃漢嘿嘿一笑，深為他和畢京天衣無縫的計畫叫好。

本來黃廣寬安排了黃漢、朱石和寧二三人前來北京，他留守深圳。但黃漢和畢京商議後認為，還是讓黃廣寬來北京比較好，事發之後，省得北京公安再遠赴深圳抓捕黃廣寬了。再萬一黃廣寬聞風而逃，潛逃到香港就麻煩了。黃廣寬一日不抓捕歸案，畢京和黃漢就一日寢食難安。

黃漢就出面打電話給黃廣寬，建議黃廣寬即刻動身前來北京，一來可以方便隨時坐鎮指揮最後的關鍵一戰，二為在戰後分享勝利果實時，可以先下手為強。畢竟黃廣寬是畢京的債主，黃廣寬登門向未來製造索要欠款，天經地義。再加上萬一事情有變，黃廣寬人在北京，也可以及時改變策略，做好善後。

黃廣寬被黃漢說動了，雖然他懷疑黃漢另有所圖，但權衡之後得出了結論，還是他坐鎮北京更有利於最後一戰的勝利。

到了北京後，黃廣寬沒有入住賓館，而是租了一個四合院。倒不是他想感受一下北京民居的格調，而是為了安全起見。住賓館需要登記身分證，租四合院不需要，多塞點錢，房東就一切從簡了。

一切安排妥當，就等商深和葉十三在昆明湖會面了。

因為畢京詳細透露了葉十三和商深會面的時間和地點，黃廣寬對商深的動向瞭若指掌。正在四合院裡圍著火爐吃火鍋的他，一邊欣賞外面紛落的大雪，一邊等黃漢的電話。

黃漢的電話沒等來，卻先等到了朱石的電話。

「黃哥，人員已經就位了。」

「畢京呢？黃漢呢？」

黃廣寬最關心的是畢京和黃漢的動向，唯恐二人節外生枝。

「畢京下船了，在外面打電話，應該是打給黃漢。黃漢和我在一起，在旁邊，他沒有發現我們的秘密。」朱石小聲說話，他的目光不離黃漢左右。黃漢在不遠處，靠在一棵樹上，正在閉目養神。

「寧二可靠嗎？」寧二畢竟是黃漢的發小，黃廣寬擔心寧二會被黃漢策反。

「可靠，太可靠了，寧二一根筋，只認黃哥一個人，除了黃哥的話，誰的話都不聽。」朱石壓低了聲音說話，眼睛轉來轉去，明顯心不在焉，幸好黃廣寬不在眼前，否則黃廣寬可以一眼看穿朱石的敷衍。

「你讓寧二接電話。」黃廣寬抿了一小口二鍋頭，還是不太放心。

「沒時間了，寧二已經去收網了。現在雪越下越大，正是動手的好時機，黃哥，我不和你說了，等結束後我再打電話給你，就這樣。」

朱石急匆匆掛斷了電話，然後快步跑到了黃漢面前。

「黃哥，黃廣寬沒起疑心。」朱石一臉討好的笑容。

黃漢拍了拍朱石的肩膀：「好樣的，朱石，我以後不會虧待你。」

「謝謝黃哥。」朱石點頭得意地一笑。

雪，越下越大了。此時整個昆明湖已經不見一個人影，商深所在的遊船孤零零地矗立在結冰的湖面上，孤單而寂靜。

從外面望去，看不到裡面的情形，更聽不到裡面的聲音，卻依稀可見煙氣瀰漫，說明船裡有人。幾個人影借助大雪的掩護，悄悄逼近了遊船。一共五個人，為首一人臉上一道刀痕，猙獰而恐怖，正是寧二。

寧二的身後，是四個彪形大漢。四人個個膀闊腰圓，並且個個光頭，只看他們虎背熊腰的體型就可以得出四肢發達頭腦簡單的結論。

四人走在積雪的冰面上，咯吱聲響成一片，如果不是風雪聲過大，離十幾米遠就可以聽得清清楚楚。

寧二身材矮小，如狐狸一樣輕盈，他快步如飛，迅速逼近了遊船，俯身在外面聽了一聽，裡面有小聲的說話聲，他衝四人點點頭，示意四人動手。

四人分列四方，分別站在遊船東西南北四個方向，然後四人對視一眼，同時舉起了雙手。

以四人的體型判斷，如果四人同時發力向遊船出手的話，船即使不會被四人的蠻力擊得粉身碎骨，怕是也無法完整了。公園裡的遊船多半都製造得很簡易，不會太牢固。

不料四人同時舉起了雙手，卻並不出手撕裂或擊碎遊船，而是從口袋中拿出兩樣東西——打火機和一瓶酒。

酒是高度白酒。四人將酒全數倒在船上，然後點燃了手中的打火機——原來幾人不是靠暴力打碎遊船，而是要放火燒船。

用酒燒船比用汽油燒船高明多了，酒後失火是一個很好的理由，如果是汽油的話，很容易就會被人查出是縱火行兇。高度白酒的燃燒值很高，而且幾乎沒有殘留。

四名大漢動作整齊劃一，同時舉起了防風打火機，正當幾人的打火機要點燃遊船之時，忽然，異變陡起！

遊船中突然傳出敲擊船艙的砰砰聲，裡面一個洪亮的聲音響起：「來就來吧，怎麼還帶了酒？太客氣了。既然來了，不進來喝幾杯怎麼行？」

寧二大吃一驚，倒退一步，正要有所動作，裡面的聲音再次響起：「寧二，我等你半天了，你要就這麼走了，就太不給我面子了。」

為首的一個彪形大漢愣了一愣：「老闆，還點不點？」

「等一下。」

剛才風雪聲太大，寧二沒有聽清剛才的聲音是誰，最後一句話總算聽清了，他心中知道今天是被人算計了，衝四人點了點頭，「等我一下，聽我命令再動手。」

船艙內只有一人，不是商深、葉十三、范衛衛和畢京四人之中的任何一人，而是黃漢。

黃漢正在假模假樣地泡茶，他可不懂什麼茶道，泡茶的動作笨拙而業餘，卻很投入，彷彿他很享受泡茶的過程一樣。

「有人說，功夫在詩外，要我說，茶道只在泡茶的過程中，不在喝茶。喝茶是結果，好不好喝，都是一口水。但泡茶的過程卻可以回味無窮，比如一滾水泡紅茶，七十五度水泡綠茶……」說話間，黃漢遞過去一杯茶，「寧二，請喝茶。」

「少裝蒜，黃漢，商深人呢？」寧二一把打掉黃漢手中的茶，對黃漢的裝腔作勢嗤之以鼻，「你不是大學生，也沒什麼文化，本是土鱉，就別裝雅士了。從現在起，我們各走各路，以前的兄弟情誼一筆勾銷。」

黃漢痛心地搖了搖頭：「寧二，我很後悔帶你出德泉。如果不是我帶你出來，你現在也許已經娶了老婆生了孩子，過上老婆孩子熱坑頭的幸福生活，可惜呀可惜，你馬上就要窮途末路了。」

寧二火了，一腳踢翻了爐子：「說人話，別說鬼話！少在我面前裝模作樣，黃漢，念在我們兄弟一場的份兒上，你告訴我商深去了哪裡，我不和你計較，否則，別怪我連你一起收拾了。」

蜂窩煤爐倒在地上，茶壺的水灑了一地，一塊煤也掉了出來，一地狼藉，黃漢看也不多看一眼，兀自不動，一臉淺笑，一副穩坐釣魚臺的從容：「你想連我也一起收拾？好，真好，兄弟一場，在你眼中，我還不如一個外人。寧二，你自己說，我哪裡對不起你了，你跟了黃廣寬後，為了錢，連兄弟都不認了？」

「商深到底在哪裡？」寧二急了，他今天的目標是商深，不是黃漢，黃漢是死是活，他不關心，他抽出了隨身攜帶的刀子，「再不說，真的就別怪我不念兄弟舊情了。」

黃漢見寧二真急了要動真格，才意識到了哪裡不對：「你問我商深在哪裡？我還問你呢！外面的幾個人中，沒有商深。」

寧二不明白黃漢在說什麼：「你傻了吧？我帶了四個人來對付商深，結果商深不在，你傻不拉嘰的一個人坐在這裡裝佯品茶，肯定是你藏了商深。」

黃漢一把推開寧二，大驚失色：

「不好，上當了。」

「上誰的當了？」寧二也驚了。

「畢京！」

「不可能。」寧二又抓住了黃漢的衣領，「別以為我不知道你和畢京的如意算盤，你們想做了商深然後嫁禍給黃哥。這一齣，也是你和畢京唱的雙簧吧？」

「真不是。」黃漢一把推開了寧二，「你聽我說，事情是這樣的……」

按照計畫，黃漢原本會坐山觀虎鬥，等寧二帶人解決了商深之後，他再出手抓住寧二和幫凶，以寧二和幫凶為要脅，讓黃廣寬交出全部的資產。如果黃廣寬不惜犧牲寧二的性命也不肯就範的話，他就拿走黃廣寬一半的資產，然後再將寧二繩之以法，移交公安機關。

雖然黃廣寬讓朱石和寧二聯合監督黃漢，黃廣寬卻不知道朱石早就被黃漢收買了。有了朱石的協助，黃漢才得以在黃廣寬的眼皮底下悄悄掌控他一半的資產，如果不是有寧二的監督，黃廣寬的全部資產被轉移走也不是沒有可能。

但人心的欲望總是無窮的，有了一半，還想要另一半。所以黃漢和畢京的天衣無縫的妙計是，借黃廣寬之處除掉商深，再拿寧二和凶手當條件和黃廣寬談判，讓黃廣寬交出另一半資產。

如果黃廣寬識趣的話，交出了另一半，就放他一馬，只讓寧二當替罪羊；如果黃廣寬要錢不要命，那好，就把寧二交給警方，同時控制住黃廣寬，不讓黃廣寬離開北京一步，到時寧二固然殺人償命，黃廣寬也會因雇凶殺人而鋃鐺入獄。

黃漢和畢京再加上朱石，整個計畫謀算了許久，自以為天衣無縫，卻偏偏疏漏了一個最為至關重要的人物——商深。

在黃漢和畢京的計畫中，商深就是一個任人宰割、沒有反抗能力的死人了，只能用來當成他和畢京一方與黃廣寬一方用來討價還價的工具。

原以為一切佈置妥當，就等收網時，潛伏在背後暗中等候出擊的黃漢突然接到畢京的電話，畢京急急地告訴黃漢，讓他儘快去遊船上等候寧二等人，因為他剛剛得到消息，商深已經被寧二提前動手抓走了。不過為了製造商深因為醉酒點燃了遊船燒死自己的假象，寧二還會帶著商深回到遊船上。

黃漢想也未想，當即帶人來到遊船，發現果然已經人去船空了。明明商深剛剛還和葉十三、畢京、范衛衛坐在船上談天說地，畢京出去打一個電話的工夫，怎麼三個大活人就憑空不見了？

沒錯，畢京出去打了一通電話，交代了注意事項之後，再返回遊船，卻赫然發現，船艙中已經空無一人，他當時嚇出了一身冷汗，感覺就和白天見鬼一樣，驚得他半天都沒有反應過來。

清醒過來後，他趕緊打了個電話給葉十三。葉十三卻沒有接電話，他猶豫了一下，又打給商深，結果商深接聽了。

商深告訴畢京，他突然有點急事離開遊船，現在正要離開頤和園，馬上就要走到門口了，畢京一聽之下大驚失色，如果讓商深離開，今天精心設計的一齣戲就前功盡棄了，他正想編個理由留住商深時，商深卻忽然出了變故。

「等一下，畢京，我好像看到寧二了……啊，還真是寧二，帶了好幾個人。不好，他是來抓我的。畢京，快幫我報警……哎呀，寧二，你要幹什麼，放開我！」

然後通話就斷了。

正當畢京震驚莫名，琢磨著怎樣應付突發的意外事件時，手機叮咚一響，又收到了一條短信。是商深發來的短信。

「畢京，寧二要綁我去遊船，快救我。」

畢京雖然心中閃過一絲疑慮，覺得可能是商深使詐，但又一想，商深不可能知道寧二要對付他的計畫，不疑有他，忙通知黃漢去遊船守株待兔等候寧二，要的就是控制寧二，至於商深到時是死是活，他才不去考慮。

幕後種種，黃漢當然不會一五一十地全部告訴寧二，他只說商深說是寧二綁了他，然後讓他來遊船等候寧二。

「我不信。」寧二不信黃漢的話，其實他已經信了大半，只是見黃漢單刀赴會，一個人守株待兔，他還有幾分懷疑，「你一個人在船上等我，不怕我帶的人連你也一鍋端了？」

「誰說我是一個人？」黃漢再一次推開了寧二的手，「我在外面埋伏了五六個人，就等我一摔茶壺就動手。」

「好像哪裡不對……」

寧二雖然一根筋，但也意識到了哪裡不對，「我明明沒有見到商深，更沒有綁了他，他為什麼要告訴畢京我綁了他，會不會是他挖了一個坑……」

「不好，中計了。」

黃漢只顧和寧二計較，寧二一提醒，他才想通了其中的環節，視線又落在了地上的茶壺上面，「我明明已經摔了茶壺，怎麼我的人沒有動靜？」

「我們被商深坑了？」寧二到現在已經完全相信了一個事實，他和黃漢都被商深算計了，「快走，要出事。」

卻已經晚了！剛才茶壺倒地也就算了，蜂窩煤爐也一同倒地，掉出了一塊正在燃燒的煤塊。煤塊散落出來之後，黃漢和寧二正爭得不可開交，沒有留意到煤塊正在慢慢滾動，然後點燃了滲透到船中的白酒。

白酒一經點燃，就迅速瀰漫開來。由於剛才外面的四名彪形大漢倒了足足四瓶白酒的緣故，此時四瓶白酒已經完全滲透到了船體上，一經燃燒，就火勢洶湧。

而且最驚人的一點是，火勢是由外而內燒起來的。

等黃漢和寧二發現時，他們已經被熊熊烈火包圍了。烈火劈啪直響，聲勢驚人，瞬間就將整艘遊船燒成了一條火船。

「救命！」黃漢和寧二心中驚恐，面對死亡的威脅之時，誰都害怕。

黃漢伸手一推船門，鐵板製的船門幾乎被燒得通紅，他的手頓時被燒得冒出一股黑煙。

「啊！」他疼得跳了起來，飛起一腳，將船門踢得飛了出去，「寧二，快走。」

寧二將身一跳，正要奪門而出時，忽然意識到黃漢在緊要關頭還想著讓他先走，心中一陣感動，扶住了黃漢：「一起走！」

「好！」黃漢猛一點頭，和寧二抱在一起，相視大笑，「打仗親兄弟，上陣父子兵，寧二，我們是生死與共的親兄弟。」

寧二眼眶濕潤了，危急時候見本色，黃漢還是他最好的兄弟，從來都是。忽然，他腦中靈光一閃，想起了哪裡不對：「不對，我帶來的人，還有你埋伏的人，怎麼不來救我們？這麼大的火，他們不可能看不到啊！」

難不成他們都死了嗎？這麼大火也不過來救人？黃漢腦中的念頭剛起，不等二人跳出船艙，忽然嘩啦一聲，整個遊船都塌陷下來，將二人砸在了火海中。

由於大雪的原因，遊船的大火拼沒有引起多少人注意，而且又由於位處偏僻，大火在漫天大雪中，就如微弱的螢火蟲，很快就被湮滅了。

遊船泡在水中的下半部分沒有被火點燃，卻因為被火融化了冰雪的緣故，慢慢沉沒了。湖面留下了一個方圓十幾米的冰洞和一堆焦黑，彷彿在無聲地訴說著剛才發生的一切。但沉到水底的殘船不會告訴世人真相。

對於在遊船上發生的一切，畢京此時還一無所知。

畢京正坐在一個亭子裡面避雪，此時風雪減弱了幾分，卻依然呼嘯不停。他坐立不安，不時抬手看表，又拿出手機，想要撥出，又放了回去。

等了半個小時，還不見有黃漢的消息，畢京終於坐不住了，正打算去一看究竟，才一起身，身後響起了一個冰冷肅然的聲音：

「畢京，等不及了吧？告訴你一個不幸的消息，出大事了。」

畢京回頭一看，背後站著一人，此人氣定神閒，面沉如玉，負手而立。不是商深又能是誰?!

商深還不是一個人，他身邊還有葉十三、范衛衛以及歷江！

沒錯，正是商深的警察朋友歷江。

畢京突然感覺一陣天旋地轉，直覺告訴他，今天精心設計的一局肯定敗了，而且還敗得一敗塗地。

雖然意識到敗局已定，但到底敗給了黃廣寬還是商深，他還不敢肯定。難道說，他和黃廣寬都同時敗給了商深？怎麼可能？

以商深的智商，在互聯網的浪潮中或許有用武之地，但如果說在算計別人坑蒙拐騙上，商深不應該有先人一步的聰明才對。再說，整個事件商深應該蒙在鼓裡才對，怎麼可能把他和黃廣寬一鍋端了？

「出什麼事了？」

畢京強自鎮靜，見站立風雪之中的商深、葉十三、范衛衛和歷江片刻間就覆蓋了一層雪花，猶如一個冬天的童話，他的心卻慢慢地沉到了谷底。

「跟我來。」商深淡然一笑，轉身就走，只留畢京一個意味深長的背影。

畢京求助的目光看向范衛衛，希望范衛衛給他一個眼神的暗示，但是沒有，范衛衛甚至沒有多看他一眼，轉身跟在商深身後走了。

「十三……」

畢京急於知道到底發生了什麼大事，想讓葉十三事先透露一下。葉十三卻只是搖搖頭，一臉無奈，然後也轉身離去。

「走吧，別愣著了。」歷江上前一步，伸手去抓畢京的胳膊，「怎麼，還得我請你不成？」

畢京嚇得跳了起來，如驚弓之鳥一般躲到一邊，驚慌失措的樣子顯露了他內心的強烈不安：「不用了，不用了，謝謝。」

歷江回敬了他一個無所謂的表情：「跟我來。」

第二章

三方決戰

「等會兒會有一場三方的決戰，十三，衛衛，你們相信我的話，就跟我走。此地不宜久留，有危險。」

葉十三和范衛衛面面相覷，不知道是什麼意思，

不過出於對商深的信任，二人還是跟隨商深下船而去。

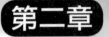

雪，慢慢停了。太陽卻沒有露出來，天依然陰沉，天地之間充斥著雪後的肅殺之氣。在湖邊不遠處的一個木屋中，裡面擠滿了人。

畢京進入木屋，只看了一眼，就知道商深沒有騙他，確實是出大事了，而且還是人命關天的大事。

一屋子的人中，大部分是員警，雖然都穿了便衣，但從他們的動作和眼神依然可以看出他們的職業。七八名員警，有人在打電話，有人在整理物證，有人在沉思，還有人在一旁靜默地抽菸。

歷江一進來，所有的員警都朝歷江敬禮。

「歷局！」

什麼時候歷江都升任局長了？畢京的目光再看歷江時，多了一絲敬畏和不安，然後他的目光落在窗前的一張桌子上——商深和葉十三坐在桌子前，對兩名警察正說著什麼。

「你就是畢京？」畢京正愣神的工夫，一個警察走了過來，招呼他坐下，「來，請坐，有幾件事要和你核實一下。」

畢京強忍內心的不安，心砰砰跳個不停，感覺心臟幾乎要承受不了房間內緊張的氣氛了。

他依言坐了下來，小心翼翼地問道：「到底出什麼事了？」

「你還不知道？」

問詢的警察長著一張娃娃臉，卻是一名辦案經驗十分豐富的刑警。也正是他的娃娃臉讓許多嫌犯放鬆了警惕，最終被他突破心理防線，從而一舉拿下。

「自我介紹一下，我叫肖威，肖是不肖之徒的削，威是威風的威，組合在一起，就是不肖之徒別想威風的意思。」

「肖警官好。」畢京努力恢復幾分鎮靜，「我真的不知道出什麼事了，直到現在我還迷迷糊糊的，感覺好像做夢一樣。」

「做夢就對了。」肖威笑笑，「這種天氣，誰都覺得好像是在夢裡。剛才的雪太大了，大得讓人看不清三米之外，在我印象中，北京至少有十年沒下過這麼大的雪了。對了畢先生，你是做什麼工作的？」

「我在微軟工作。」

畢京小小的撒了個謊，其實他已經從微軟辭職了，但手續還沒有完全辦好，現在相當於微軟的編外人員，說在微軟工作，也不能算是信口開河。

「哎喲，外商公司呀，厲害。」肖威伸出大拇哥，「我最羨慕在外商工作的白領了，尤其是微軟。聽說微軟很難進，畢先生能在微軟工作，不簡單，佩服，佩服。」

畢京謙虛地道：「哪裡哪裡，微軟現在比較難進，以前還不算太難。」

「剛才昆明湖裡有一艘遊船著火了，你知道嗎？」

肖威迅速轉移了話題。他忽東忽西的問話手法爐火純青，讓畢京無從防備，不知道他下一句又會問什麼。

昆明湖的遊船？畢京心中一震：「不知道哇……是不是我和商深他們坐過的那艘？」

肖威意味深長地看了畢京一眼：「可惜了，還是艘新船，今年才剛出廠。還好只燒掉了一艘，要是遊船連在一起全燒了，就和火燒赤壁一樣了。不對，赤壁的比喻不恰當，應該說是火燒頤和園了，呵呵。」

「我在的時候，還一切好好的，後來我下船去打電話，回來船上就沒人了，我左找右找，就是找不到商深、十三和衛衛他們，沒有辦法，只好在亭子裡等。等了半天，總算等來他們，然後就跟著他們來這裡了……」

肖威點了點頭，畢京的話看似平淡無奇，其實話裡話外是在暗示燒船事件和他沒有關係，他一無所知。

「根據我們調查，你確實沒有作案時間。」肖威直接拋出一枚重磅炸彈。

「作案時間？」畢京震驚之下站了起來，「你們懷疑是我燒船的？別開玩笑了，我好歹也是外企的白領，怎麼會幹這種沒有公德心的無聊事情？」

「你下船之後打電話？打給誰？又是什麼內容？」肖威再次繞到畢京的身後開槍。

「……」

畢京本想正面出擊擺脫嫌疑，不料肖威卻總是虛虛實實，他有點慌了，「我，我打了一個私人電話，不方便透露。」

「不方便透露？」肖威冷笑，「你以為你不說我們就查不到了？告訴你吧，現在通訊技術很先進，不但可以通過手機定位你的位置，還可以記錄你的通話內容，要不要我放給你聽？」

肖威的話有真有假，真的是，手機確實可以定位位置，假的是，如果不是在通話時竊聽錄音，通話過後，是無法知道通話內容的。

畢京卻不知道肖威的話哪句真哪句假，遲疑片刻，想了想後才說：「我先是打給葉十三，他沒接，就又打給商深。商深說，他被人帶走了，讓我替他報警。我以為他在開玩笑，你也知道，我們關係很好，經常開些無傷大雅的玩笑，我就沒有當真……」

「你認識黃漢嗎？」肖威對畢京的回答不置可否，再次繞道而行，「黃漢死了。」

「啊？」畢京這一驚非同小可，他本來正考慮怎樣回答肖威的問題時，黃漢死亡的消息讓他震驚無比，「他怎麼會死了？」

「他怎麼不會死，人都會死。」肖威暗暗一笑，他相信至此畢京的思路已經開始混亂了，他要掌控節奏了，「黃漢臨死前接到的最後一通電話，是你打給他的，他接到你的電話後不到半個小時就死了，畢京，你告訴我這是為什麼？」

畢京張大了嘴巴，已經說不出話來，黃漢死了?!黃漢居然死了，他怎麼死了?是被黃廣寬害死，還是被商深害死的？到底發生了什麼事？

「我，我，我真不知道……」

「你認識寧二嗎？」肖威步步緊逼，「寧二也死了。你認識黃廣寬嗎？黃廣寬也……」

「黃廣寬也死了？」

畢京已經不知道怎麼形容自己的心情了，他覺得整個世界要崩塌了，該死的人沒死，比如商深；不該死的，卻一個個都死了，比如黃漢和黃廣寬。

「黃廣寬沒死。」肖威臉色陡然一變，寒氣逼人，「畢京，根據我們掌控的證據，完全可以直接抓你了。不過商深和葉十三為你爭取到一個寬大處理的機會，只要你清楚交代事實經過，我會按照戴罪立功為你爭取減刑。」

減刑？他要被判刑了？畢京一屁股坐在椅子上，頹然、沮喪，面如死灰：「我說，我說……」

肖威露出了勝利的微笑，悄悄朝歷江點了點頭，歷江會心一笑，起身來到商深和葉十三、范衛衛面前。

「黃廣寬已經抓捕歸案，不過他因為煤氣中毒住院，暫時無法審訊他。據醫生說，大腦受傷嚴重，就算搶救回來，也許也是植物人了。也是怪了，黃廣寬怎麼會煤氣中毒呢？他租的四合院有暖氣，根本不需要點爐子。」歷江不解地說，「天知道黃廣寬會心血來潮，自己點爐子燒水喝，結果就……還真是天作孽，猶可違。自作孽，不可活。」

商深無奈地嘆道：「何必呢？非要賭上身家性命，就算贏了，也是不義之財，既不能花得心安理得，又要時時擔心會東窗事發。輸了，就要輸得一無所有，甚至連命都丟了。」

「賭徒的心理，你不會明白。」葉十三也是感慨萬分，今天的事，完全就是齣一波三折的大戲，他身在其中，居然被兩邊瞞過，他不得不佩服商深運籌帷幄的高明，讓他自嘆不如。

在畢京出船打電話後，商深說了句讓葉十三和范衛衛大吃一驚的話。

「等會兒會有一場三方的決戰，十三，衛衛，你們相信我的話，就跟我走。此地不宜久留，有危險。」

葉十三和范衛衛面面相覷，不知道是什麼意思，不過出於對商深的信任，二人還是跟隨商深下船而去。

下船後，商深帶兩人藏身在一棵大樹後面，不多時，就看到黃漢帶著四五個人在風雪的掩護下，悄悄逼近遊船。然後黃漢讓這幾個人埋伏在周圍，自己一個人上了船。

又過了片刻，歷江帶人出現了。歷江指揮便衣帶走了黃漢的人，沒有驚動船裡的黃漢。葉十三和范衛衛躲在暗處，都被眼前的情景震驚當場，一句話也說不出來。

正當葉十三要向商深問個清楚，到底是怎麼一回事的時候，畢京的電話打了進來。葉十三想要接聽，被商深制止了。隨後畢京的電話又打給了商深，商深接聽後，說他被寧二抓住了，讓葉十三和范衛衛更是不知所措，完全不知道是什麼狀況。

掛掉電話後，商深才告訴葉十三和范衛衛真相。

「歷江根據線報，發現黃漢、寧二已經回到北京，黃廣寬也來了北京，同時，黃漢和寧二分別在招攬人手，密謀要對我下手。歷江將計就計，決定布一張坐收漁人之利的大網，就等黃漢、寧二和黃廣寬自投羅網。」商深拍了拍葉十三的肩膀，「還好你沒有參與這件事，不過，你還是被畢京利用了。」

「我怎麼被畢京利用了？」

葉十三冷汗森森，幸好他還堅守住了底線，沒有和畢京一起對商深出手，否則的話，現在他說不定也被商深甕中捉鱉了。

「畢京透過你，知道了今天的聚會，暗中通知黃漢和寧二，現在黃漢和寧二都要對我下手。不過很奇怪的是，黃漢和寧二似乎各自為政……」商深意味深長地看了看葉十三。

葉十三一咬牙，事已至此，他也不必再替畢京遮掩什麼了，乾脆直接交了底：「畢京想虎口奪食，吞併黃廣寬的資產，私下策反黃漢和朱石，他和黃廣寬各懷鬼胎，想拿你當成支點來一場人生豪賭。不過我沒想到他會在今天的聚會上下手，否則我說什麼也不會告訴他。」

不用葉十三過多解釋，商深明白了畢京和黃廣寬的如意算盤，他搖搖頭，堅決地說：「既然這樣，好，這次就一勞永逸地解決所有問題，打一個漂亮的殲滅戰。」

商深臉上閃爍著自信和堅毅的光芒，讓范衛衛又不禁沉醉了。

又過了一會兒，寧二帶人出現了。

在寧二進入遊船後，歷江的人再次出現，將寧二帶的四個大漢全部放倒然後帶走。正當商深還想再繼續觀看黃漢和寧二在遊船中的最後對決時，歷江告訴他，黃廣寬出事了。

商深一行離開現場，來到木屋，得知就在歷江派人到四合院監視黃廣寬時，卻發現黃廣寬煤氣中毒。幸虧歷江的人發現得早，再晚一步，黃廣寬就直接交代了。不過饒是如此，黃廣寬還是陷入了深度昏迷。

就在黃廣寬中毒被送往醫院的同時，遊船著火了。這場大火，讓兩個夢想致富、闖蕩江湖的年輕人走向了末路。

在追求夢想的道路上，有人一步一個腳印，堅持走平凡而踏實的傳統道路。有人跳躍前進，想走一條與眾不同的創新之路。也有人不走正路，另闢蹊徑，非要走一夜暴富的飛黃騰達之路。

走傳統道路的人，雖然辛苦，但漸漸闖出了名堂，就算沒有天大的成功，至少擁有了富足的人生。走創新之路的人，有人一頭栽倒，再也沒有爬起；也有的人摸到了時代的脈搏，然後一飛沖天。

然而不走正路的人，大多數沒有一夜暴富，甚至其中還有不少人賭上了身家性命。

在商深剛認識黃漢和寧二的時候，他們還沒有壞到殺人放火的地步。但從德泉出來後，從北京到深圳，二人一步步滑向了深淵。

到底是誰的錯？是社會的原因還是自己的問題？

在得知黃廣寬可能會成為植物人，以及黃漢和寧二葬身火海的消息後，葉十三驚出了一身冷汗，坐在椅子上，半天動彈不得。

范衛衛也是心中波濤翻滾，她怎麼也沒有想到黃廣寬和畢京會如此歹毒，居然拿商深的性命當賭注。更令她傻眼的是，畢京竟然喪心病狂到如此地步，她真是瞎了眼，還想利用畢京來對付商深。不行，不能讓畢京繼續逍遙法外，一定要讓他受到應有的懲罰。

只不過黃漢和寧二死了，黃廣寬變植物人，作為幕後黑手之一的畢京，豈不是因為死無對證又逃過一劫了？

「畢京怎麼辦？」范衛衛想起畢京其貌不揚的嘴臉，就沒來由一陣噁心，「不能就這麼算了，一定要讓他血債血還。」

「先不急，先會會他再說。」商深笑了笑，和范衛衛、葉十三一起出了木屋，叫上歷江，去外面找畢京。

畢京在肖威的攻勢下，心理防線已經全線潰敗，接近崩潰的邊緣。

「說呀。」肖威敲擊著桌子，喝斥道。

「我說，我說！」

畢京環視商深、葉十三和范衛衛一眼，知道他今日在劫難逃，他不說實話的話，葉十三也會出賣他的。

「我確實是想對付商深，不過不是想害他，是想幫他。黃廣寬指使寧二要殺了商深，我說服了黃漢背叛黃廣寬，黃漢決定將計就計，在黃廣寬向商深下手的時候，一舉抓住寧二，然後讓黃廣寬落入法網，誰知道出現了想不到的意外……」

商深微微皺眉，畢京事到如今還想避重就輕，蒙混過關，正要開口說話，葉十三卻搶先了。

「畢京，你冷靜一下，再好好想想，不要記錯了。」

葉十三明是提醒畢京，其實是暗示畢京在警方面前所說的話事關重大，關係到事情的定性，可不要因小失大。說心裡話，他現在對畢京也非常失望。

「我沒記錯，你也知道我的記憶力一向很好，怎麼可能記錯？」

此時畢京已經恢復了幾分精神，雖然被眾人包圍，但求生意志格外強烈，他很清楚，現在黃漢和寧二都死了，死無對證，誰也奈何不了他，反正除了黃漢之外，別人都不知道他的密謀。

「雖然我和商深關係不太好，但我還不至於害他，我又不像黃廣寬一樣，和商深有幾千萬的金錢糾紛。」畢京低下了頭，「商深，對不起，我不該拿你的生命安全和黃廣寬討價還價，我應該第一時間就報警，真的對不起，我是一時鬼迷心竅，我有錯！」

畢京避實就虛，來了一手瞞天過海，確實高明。

歷江將商深拉到一邊，小聲道：「警方目前手中掌握的證據，還不能拿畢京怎麼樣，黃漢和寧二一死，黃廣寬昏迷不醒，沒有人可以指證畢京……」

商深沉默了片刻：「只能先放了他了？」

「我們只能用協助調查為由，滯留他廿四個小時。」歷江揉了揉太陽穴，「只能說畢京這小子運氣太好了，這樣都能讓他過關，簡直就是老天在幫他。」

「也未必，也可能是在害他。」商深忽然想到一個疑點，「黃廣寬煤氣中毒，會不會是人為的？」

「暫時還沒有發現異常。主要是今天發生的事情太多了，還顧不上仔細推敲黃廣寬中毒的事。」

「對了，還有一個主要人物被遺漏了。」

「誰？」

「朱石！」

從北京六里橋發車的長途客車，有一條南下的路線，可以直達珠海。在一輛北京至石家莊的大巴上，車後一個角落裡，蜷縮著一個穿著破爛大衣、戴著破帽子的年輕人，一個人占了兩個座位，呼呼睡得正香。

「不好意思，請讓一下。」

睡得正香的年輕人被一個中年婦女推醒，很不耐煩地瞪了對方一眼：「幹嘛？」

「這是我的座位。」中年婦女被年輕人凶巴巴的樣子嚇著了，怯怯地說道。

「你是不識字還是傻子？仔細看看你的車票！」年輕人一把推開中年婦女，「老子買了兩張車票，就為了躺下好好睡上一覺，你是腦子缺根筋還是怎麼著，非要打擾老子睡覺。沒見過有錢一下買兩張車票的是吧？」

中年婦女仔細看了看手中的車票，忙不迭向年輕人道歉：「對不起，我真的看錯了，對不起。」

「快滾，老子要睡覺。」年輕人用帽子蓋住臉，又倒在了位子上。

如果商深或葉十三在場的話，一眼就可以認出故意穿著破爛以掩人耳目的年輕人正是朱石。

半夜時，大巴抵達了石家莊，朱石又換乘火車一路南下，到廣州再轉乘汽車，悄悄地回到了深圳。一到深圳，朱石就如投到大海中的一滴水，消失在茫茫人海之中。

遊船起火事件，並沒有見諸新聞媒體，就如大雪中的一片雪花，很快就淹沒在時間的長河之中。

一個月後，昆明湖的堅冰已經融化大半，距離春天的腳步也不遠了。曾經發生過一場大火的地方，早已不見半點痕跡，彷彿一個月之前的那場大火從未發生過一樣。

時間滾滾向前，人間依然熙熙攘攘，沒有了誰，地球一樣轉得開心。

還有一個月就春節了，許多人已經無心工作，準備回家過年。對中國互聯網來說，春秋五霸也暫時沒有什麼新聞，但平靜了一段時間的中國互聯網，因為一件事情的出現，發生了根本性的改變。

一月，醞釀已久的千度終於正式上線。

千度一上線，就迅速崛起，在短短一周後成為業內的熱門話題，訪問量呈幾何級數激增。毫不誇張地說，千度一炮走紅，其上升態勢之快，讓業內所有人都為之側目。只有商深除外。

商深本來就對千度的前景十分看好，預測千度會迅速成為一統國內搜尋引擎市場的領軍網站。果不其然，千度簡潔的頁面風格以及強悍的搜索功能，讓越來越成熟的用戶在使用搜索功能時，不再選擇門戶網站自帶的搜索功能，而使用專門的千度。

千度特意為商深的一二三網站做了連結推廣，儘管一二三已經不再歸屬商深所有，但由於一二三和千度簽署過合作備忘錄，在商深的提議下，資方出於商業上的考量和千度互換了推廣連結。

結果讓資方大吃一驚的是，千度並沒有借助一二三的影響力，相反，一二三還因為千度的推廣而訪問量上升不少，讓資方又驚又喜。

更讓資方驚喜的是，WIN2000即將推出，一二三的春天也即將正式到來。同時，資方也看到了中文上網網站因為資方和管理方理念不和的原因，正呈下降之勢，而一二三穩步上升，一二三和中文上網網站之間的差距逐步縮小。

拓海九州在向千度投資之後，又陸續考察了幾家公司，不過都沒有做出最終投資的決定，倒是在商深的召集下，召開了一次董事會。董事會經討論決定，正式批准范衛衛加盟拓海九州的申請。

范衛衛向拓海九州注資三千萬人民幣，持股百分之十，是為第四大股東，位於商深、崔涵薇、藍襪之後。與此同時，范衛衛也正式從未來製造撤股，在畢京和伊童回購了她的全部股份之後，她和未來製造就再也沒有任何干係了。

儘管徐一莫和藍襪對范衛衛入股拓海九州持保留態度，但經過遊船事件後，她們對范衛衛的態度稍有改觀，因為事實證明，范衛衛和葉十三與遊船事件沒有任何干係。

事件已經過去一月有餘，重大問題基本上已解決清楚了，但還有一些遺留問題，留待以後時機成熟時再說。

一是黃廣寬的中毒真相。

經過調查，初步判斷有人為製造的嫌疑，但證據不是十分充足，現場又找不到相關證據，案情陷入了膠著。

黃廣寬經過搶救，雖然保住了性命，但還是被醫生不幸言中，成了植物人。躺在床上的黃廣寬，意識不清，口水橫流，除了吃喝拉撒之外，和一個死人沒什麼區別。

曾經叱吒風雲，號稱可以影響深圳經濟百分之一的他，不管以前多麼的自命不凡，現在也只能認命地躺在那裡任人擺佈。

最可憐的是，他風光時，身邊無數人圍繞。現在失勢了，身邊一個人也沒有，就如被人拋棄的病狗一般，沒有一個人來醫院看望他。

更慘的是，黃廣寬名下的財產，在他還在手術臺搶救性命的時候，就被瓜分得一乾二淨。其中三分之一歸畢京，三分之一歸朱石，另外三分之一歸了黃漢和寧二的家人。

畢京還不算太滅絕人性，知道老來喪子的悲痛，拿出了一大筆錢來慰藉黃漢和寧二的家人。只不過黃漢和寧二都是家中唯一的兒子，對於老人來說，錢再多，也買不來親情的慰藉。

二是，雖然歷江懷疑畢京在整個事件中是幕後推手，但由於所有關鍵的人證都意外死亡，又沒有其他新的證據指向畢京，最主要的人證朱石也憑空消失，以致讓案情陷入停頓之中。

不過歷江並沒有放棄對畢京的追查，直覺告訴他，畢京在整個事件中肯定有擺脫不了的干係，只不過畢京撞了大運，關鍵人物死的死，失蹤的失蹤。

根據歷江多年的辦案經驗，一個人可以一時交好運躲過一劫，但好運總有用完的時候，躲得了一時，躲不過一世。

歷江於是由明轉暗，繼續暗中追查朱石的下落。他堅信，發現朱石之時，就是畢京落網之日。

「放假了！」商深收拾完東西，來到辦公室外面，對所有員工說道：「祝大家新春快樂！」

「商總萬歲！」幾十名員工一起歡呼，歡呼聲猶如雷震。

「晚上去哪裡吃飯？」

崔涵薇和藍襪、徐一莫出現在商深面前，三位美女就如三朵美不勝收的嬌豔之花，散發逼人的青春氣息。

「不想在外面吃，太油膩，想回家吃。」商深揉了揉鼻子，「就是不知道誰會做飯。」

「我會烙餅。」徐一莫高高舉起右手。

「我會煮湯。」藍襪接口。

「我會吃……」崔涵薇掩嘴一笑。

「我會炒菜。」范衛衛也說，「我們強強聯手，不出一個小時就可以做出一桌豐盛的晚餐來。」

「范總還沒有回家呀？」徐一莫圍著范衛衛轉了轉，「范總也該回家過年吧。」

「多謝關心。」

范衛衛以前面對徐一莫的挑釁，總是針鋒相對，現在她改變了策略，不管徐一莫怎樣咄咄逼人，她總是一副淡然的笑容應對。

「今年不回深圳，爸媽來北京陪我過年，所以我有大把的時間和你們在一起了。」

「問題是，我們可沒有大把的時間和你在一起。」徐一莫哼了聲，「過年我們要陪商哥哥回家一趟。」

「你們？」范衛衛的目光在崔涵薇、藍襪和徐一莫身上掃過，「你們三個都去？」

「是呀，怎麼了，你有意見嗎？」徐一莫回應范衛衛質疑的目光。

「過年帶女孩子回家是有講究的，要麼是女朋友，要麼是未婚妻，你們去，會讓人誤會到底誰是正牌女友。」范衛衛眨眼一笑，「為了避免引人誤會，這樣吧，商總，我也陪你回家過年，人一多，自然就不會有人說三道四了。」

「不行，不讓你去。」徐一莫就是要處處為難范衛衛。

「你說了不算，商總說了才算。不，崔總說了也算。」范衛衛上前抱住崔涵薇的胳膊，「薇薇，讓我去好不好？」

崔涵薇被搞笑了：「好，都去都去。」

「薇薇！」

徐一莫最見不得崔涵薇心軟，想要說什麼，商深的電話及時響了。商深搖頭一笑，接聽了電話。

「代哥，有什麼吩咐？」

「哈哈，不是吩咐，是請求。晚上有沒有時間一起吃個飯？我有事情要和你商量。」

「晚上呀……」商深遲疑一下，「晚上我在家裡聚餐，你來家裡也行。」

「沒問題。」代俊偉一口答應。

放下電話，商深開始安排分工，「涵薇、一莫，你們負責採購火鍋材料，衛衛、藍襪，你們負責準備鍋子，記住，一定要是銅火鍋，要炭火的。」

「好，沒問題。」范衛衛一口答應。

「那你呢？」徐一莫反問，「就當甩手掌櫃，什麼都不幹就等吃？」

「我去接文盛西、歷隊和歷江，今天來一次大聚會。」

商深對二〇〇〇年後的互聯網的發展趨勢，又有了新的想法，想和眾人一起分享一下，「怎麼樣，還想叫誰，我一趟都接了。」

「還有……」徐一莫歪著頭想了想，「叫上杜子清吧，好久沒見到她了。對了，還有衛辛。」

商深依次接上了文盛西、歷隊，本來還想再接上歷江，歷江卻說不用，並且主動提出去接衛辛和杜子清，商深一想，也行，正好省了他的事。

回到家，崔涵薇幾人已經一切準備妥當。文盛西調侃道：「家裡有女人就是不一樣，商深，你的生活真讓人羨慕。有人做飯，有人洗衣，有人掃地，簡直就是萬惡的舊社會土財主的生活嘛。」

「哈哈，不要羨慕別人，盛西，以你現在的身家想要找個女朋友還不容易？」歷隊笑道：「也是怪了，自從分手後，你好像一直單身，是沒有再找還是放不下過去？」

文盛西自嘲：「幸福還沒有來敲門，所以……不急。」

「還不急？再過幾年你就老了，同齡的姑娘稍微順眼一點兒的都被搶完了，只剩下一些條件差的，你想挑也沒得挑了。」歷隊搖搖頭，一臉同情，「你又挑剔，肯定不會娶一個離婚的女人。」

「男人怕什麼，年紀越大越成熟，同齡的被挑完了，我可以找個嫩妹啊。」文盛西一臉賊笑。

「服了你。」歷隊朝文盛西伸出大拇指，「以後如果你真找一個小你二十歲的女孩當老婆，結婚時，我送你一份大禮。」

「什麼大禮？」文盛西笑問，「如果禮夠大，那我非得娶嫩妹不可。」

「你現在身家少說也有千萬了吧？還在意我的大禮？以我現在的收入，所謂的大禮最多也就是一萬塊吧。」歷隊摸了摸腦袋，「我是打工的，你是老闆，現在你的連鎖店發展迅猛，銷售額早就上億了吧？」

文盛西的店面以銷售燒錄機和光碟等為主，中關村同類公司有幾十家，加在一起，總銷售額才上千萬。但文盛西和別人不同的是，他比別人更有創意，製作了一套傻瓜多媒體系統，只要用滑鼠點幾下，就能做出許多種依性質不同的ＶＣＤ。

在文盛西的連鎖店開到第三家的時候，北西開始代理理光、ＮＥＣ的產品，並獲得全國獨家代理權。二〇〇〇年，北西年銷售額有望達到三千萬。

文盛西呵呵一笑，苦哈哈地看向商深，「勞心者治人，勞力者治於人，我是勞碌命，不像商深，寫幾個軟體編個網站，輕輕鬆鬆一億多美金到手。樂觀估計，十年後我能有一億美金，我就知足了，到時一定娶一個年輕正妹。」

「你想娶年輕正妹，她們還肯嫁你才行。」徐一莫白了文盛西一眼。

第三章

眾裡尋他千千度

「對了，千度的名字有什麼說法？」文盛西對千度的名字大感興趣。

「千度取自宋詞『眾裡尋他千百度』，

本來我想從眾裡尋他千百度之中選擇百度，後來覺得千比百更大，

還有千方百計千言萬語的意思，就起名為千度了。」

文盛西也不和徐一莫爭論，坐到了沙發上，見茶几上有一杯茶，也不客氣，拿起就喝。

「商深，你說我會不會有一天也走向電商的道路？實體經營，成本太大，各種環節的費用太高，如果是電商，肯定會節省許多開支，又可以面對更多的顧客。店面再多，普及面畢竟有限。」

「電商是未來的趨勢，」商深之所以邀請文盛西和歷隊等人，就是因為他有新的想法想和二人交流，「我建議你儘快進軍電商領域，蘇寧、國美早晚也會下水，你不如先下手為強。」

「我如果也當上電商，不是和馬朵成了競爭對手了？哈哈，到時我和馬朵大戰的話，你向著誰？」文盛西給商深出難題。

「你和馬朵如果大戰的話，我兩不相幫。」商深笑說，「不過你和他走的是不同的路子，就算交手，也不會是正面交手。倒是你和代慶國有可能會成為最直接的競爭對手。」

「代慶國？」文盛西愣住了，「叮叮網？」

叮叮網成立於一九九九年，由代慶國創立於北京。網站開創初期以銷售圖書為主，現在是國內最大的圖書網上書店。

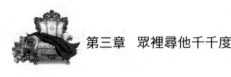

「叮叮網賣書，我賣燒錄機，他是電商，我是實體經營，風馬牛不相及，怎麼會成為最直接的競爭對手？」文盛西困惑地說：「完全沒有可能嘛，商深，你一向說話靠譜，怎麼這一次信口開河了？」

歷隊不說話，擺出隔岸觀火的姿態，不過神色微有幾分凝重，因為他清楚商深不會無的放矢，他這麼說，肯定是深思熟慮的結果。

現在的互聯網格局，比起一兩年前，更加複雜也更加多變了。不少想像不到的類型網站如雨後春筍一般問世，中國人的智慧在互聯網浪潮中再次湧現令人驚艷的局面。

對於叮叮網，歷隊也有關注過，他覺得叮叮網的模式還算新穎，應該前景不錯。但也確實如文盛西所說，叮叮以銷售圖書為主，就算文盛西以後進軍電商，他的電子產品和叮叮的銷售品完全不構成競爭關係。

「叮叮網確實是網上書店，但我相信在導入流量成功之後，叮叮會拓展經營範圍，而不會僅限於圖書。」商深從叮叮一上線，就對叮叮投去了關注的目光，也研究過代慶國的經歷。

「作為模仿亞馬遜的商業模式起家的叮叮，在人流多了之後，必然會和亞馬遜一樣，走線上百貨公司的模式。同樣，北西如果以後走向電商之路，也會走百貨公司的經營思路，而不會僅限於燒錄機。再者，圖書雖然不會為網站帶來多大的利潤，卻會為網站帶來人流量。對於電商網站來說，人流就是生產力。以文哥的性格，如果經營圖書的話，必然會和叮叮打價格戰以增加人流量，到時，一場大戰在所難免。」

文盛西笑了，點點頭：「雖然我不附和你的觀點，但我贊成你的分析。商深，如果有一天我真的走向電商之路，你說我到時會保留線下實體，和線上網站一起經營，還是會砍掉線下實體，只經營線上網站？」

「你肯定會砍掉線下實體。」商深回道，他太瞭解文盛西了，文盛西是一個很強勢並且很直接的人，做事情喜歡孤注一擲，不會瞻前顧後。而且掌控欲很強，喜歡掌控一切的感覺。

「那你分析一下叮叮以後的走向。」文盛西之前對叮叮並沒有太關注，商深有此一說，讓他對叮叮的興趣大起，「也許我以後真的進軍電商了，可以先從模仿叮叮開始。」

商深還沒有開口，門一響，代俊偉到了。

「在說叮叮？好，我也對叮叮很感興趣，商深，說下去，我聽聽你對叮叮的分析。」代俊偉和幾人打過招呼後，坐在商深的對面。

商深之所以特別提到叮叮，是他認為在接下來的互聯網浪潮中，中國會湧現一批電子商務網站，阿里巴巴、易趣，以及即將進入中國的亞馬遜中國、叮叮，等等，在未來三五年時間內，門戶網站之爭將會不再引人注目，取代的將會是社交網站和電子商務網站之爭。

門戶網站只是提供一個流覽的平臺，缺少互動的基因，而大多數人上網的出發點是為了交流，交流的形式有很多，比如通過企鵝交流，通過在電子購物網站的購物交流，通過社交網站交流，等等，交流和購物會成為下一輪互聯網發展的趨勢。

除了社交和購物之後，搜索功能也是以後網民上網的主要方向之一，換句話，千度也會迎來一個十分美好的前景。

「要說叮叮，得先說說代慶國其人。」商深見除了文盛西、歷隊和代俊偉之外，崔涵薇、范衛衛、徐一莫和藍襪也圍了過來，他被眾星捧月，儼然是中心人物，心中卻絲毫沒有得意的想法，相反，他更覺得他只是為在座各人提供了一個思路，起到拋磚引玉的作用。

「一九八三年，他以第一名的成績考入北大社會學系。代慶國曾自稱，當年在北大，他的名字在學生中無人不曉，算是絕對的風雲人物。當時，他確實是一個校園紅人，身為北大學生會副主席，性格耿直的代慶國常常為同學仗義執言。有一次，當著老校長丁石孫的面，血氣方剛的代慶國跟總務處長叫板，總務處長說：宿舍電話壞了不一定非要修好，因為學生們喜歡通過電話談戀愛，不修正好省事。代慶國一激動，便拍桌子說：你這個老昏庸，你的責任是讓電話暢通無阻，你管學生是不是談戀愛啊！你管學生用來做什麼。八十年代，整個社會思想還很保守，而年輕的代慶國卻有一腔敢於打破陳規陋習的熱血。」

此事一時傳為美談，讓代慶國名聲大振。

一九八七年，大學畢業後，代慶國分配到國務院發展研究中心工作。四年來，發表了五百多萬字專著、論文。代慶國事後回憶，這也可能暗示了他將一生與書結緣。

一九九二年，代慶國因為機構重組，面臨了兩種選擇：一是去國企任職；二是下海經商。經過一番深思熟慮，代慶國決定走自主創業之路，他找了幾個出版界的朋友，租了一個地下室作為辦公場地，辦起了「科文經貿總公司」。公司名字要把科技、文化、經濟和貿易都包括進去，還得有個總字，要的就是名字聽上去很大氣。

但名字聽上去很大氣的總公司，其實還是以圖書出版為主業，由於業務做不大，身為總經理的代慶國很是苦悶。後來經營不善，他還背著幾百萬元的債務，為了打開銷售管道，他到處搞讀書會，打通新華書店的分銷管道。

昔日的領導聽說代慶國的遭遇後，都頗為嘆息：「慶國這麼有才，放著大好前途不走，怎麼跑到地下室創業去了？」

代慶國周圍的很多同學朋友，不是當上國企的副總就是成了政府高官。大家聚會時，代慶國在朋友面前總顯得灰頭土臉。連一起創業的初戀女友也離開了他，說他是「在垃圾上跳舞」。

「每一個成功者的背後，都會有兩次重大的人生選擇，一是在選擇是安逸工作還是風險創業時，都選擇了風險。二是在創業失敗時，是繼續堅持下去還是就此罷手。兩次選擇，決定了一個人最終是成功還是失敗。」商深淡淡一笑，「不管是大馬哥還是小馬哥，還是文哥，都曾經經歷過相同的困境。」

代俊偉和文盛西、歷隊都點頭認同商深的觀點。不過人和人的際遇不盡相同，馬朵、馬化龍、歷隊包括商深、向落在內，是典型的草根逆襲成功的案例，王陽朝、代俊偉以及代慶國等人，雖然也是草根出身，卻在一開始就借助了資本的力量，相對來說，起點要高一些。

不過話又說回來，互聯網的風雲人物，每一個人都是憑藉自己的眼光、智慧和能力脫穎而出。在互聯網的世界裡，人脈關係、背景和靠山完全失去了作用力，是一個絕對公平的環境，任何人都可以憑藉創意、才能和先人一步的眼光成為財富神話的主人公。

生意慘澹、人生步入低谷的代慶國決定出國。赴美之後，他的命運出現了轉折——在一個朋友安排的飯局上——代慶國結識了于玉。當時于玉擁有紐約大學ＭＢＡ學位，在紐約創辦了「TRIPOD國際公司」，並小有成就，但情感方面還處於空白期。

代慶國和于玉的愛情，和代俊偉和馬西捷的愛情有些相似，都是男追女，也都是女方非常優秀。

經過代慶國一番不懈的努力，于玉終於認可了代慶國，九六年十月，二人在紐約註冊結婚。和于玉的婚姻，給代慶國的事業帶來了重大轉機。

一九九九年，于玉去西單圖書大廈買書，找書找得暈頭轉向，她想要的書找不到，不想要的書卻在觸手可及的地方。由此，她聯想到了美國的亞馬遜網路書店的購書體驗，一個靈感忽然閃現，在中國一定有許多和她一樣因為找書問題而頭疼的人，那麼在中國辦一家網路書店，一定能給讀者帶來便利。

代慶國聽了于玉的想法後，也是覺得眼前一亮，他是出版人，深知讀者找書的困難。和書店的書擺放位置的問題相比，各類書發不到真正應該該發到的書店才是最大的問題所在。

代慶國立馬拍板和于玉一起創業，二人共任聯合總裁，代慶國負責市場、技術、採編、運營，于玉則掌管財務和人力資源。網站取名為「叮叮」，寓意叮叮噹噹聽著很響亮，以後一定可以在市場打響。

當時代慶國寫的第一個招聘廣告在興潮發佈，廣告費花了八千四百元，也是不小的開支。創業初期的代慶國和于玉將亞馬遜網站作為範本，只賣書，不印刷自己的書目。快速和便捷，成為叮叮網的主打方向。

「據說，叮叮已經和一家風投公司談妥，有望迎來第一筆風險投資。」商深說完了代慶國和于玉的創業故事，開始分析叮叮的前景。

「從目前來看，叮叮還算成功，從長遠來看，叮叮肯定不會僅僅滿足於圖書銷售，還會加入其他產品，比如影像以及電子產品。」

商深猜對了，若干年後，叮叮由圖書銷售開始拓展經營，銷售各品類百貨，包括圖書影音、美妝、家居、母嬰、服裝和3C數位等幾十個大類，數百萬種商品，成為一家以圖書為主的綜合性網上購物商城。

而文盛西在二〇〇三年成立了北西網上商城之後，也沿襲了圖書帶動流量的思路，開始銷售圖書。在只有亞馬遜和叮叮競爭的前提下，北西商城的加入，立刻讓叮叮嗅到了危險氣息。

叮叮並不擔心亞馬遜，因為亞馬遜進入中國以後，一直以美國模式運營，雖然不至於和雅虎中國一樣死掉，卻一直沒有形成氣候，對叮叮無法構成危險。但叮叮卻對北西加入了圖書的銷售充滿了戒心和敵意，並且主動採取一連串的措施對北西進行封殺和圍堵！

然而，並不瞭解文盛西的代慶國低估了文盛西的好戰性格，也沒有想到早就對叮叮有取而代之的文盛西正愁沒機會發難，文盛西當即拍案而起，憤而迎戰。

文盛西先是在微博上發表了幾篇討伐檄文：

「無論是叮叮還是代慶國夫婦都是我敬重的，特別是夫妻二人堅持十年的創業路，值得所有創業者學習。我在各種場合也對叮叮評價很高。很多員工都覺得我最近微博的言論實在不像我。是的，這是我創業十二年來第二次被激怒！一切都是代慶國對我們封殺得太狠！幾乎無法公平競爭！」

「本來你封殺堵截了我們一年，我一直忍著。只是不斷努力勸說出版社和我們合作！可是你上市後還公開羞辱我們，要對一切挑起價格戰競爭者給予報復性打擊！你為什麼不敢和北西公平競爭呢？請以開放的胸襟對待這個行業，善待出版社和消費者！」

隨後，文盛西以北西圖書「打折後再降價」的促銷方式，正面打響了與叮叮之間的首場價格戰。

在文盛西和代慶國大戰之際，作為在兩方都持有股份的商深選擇了中立，在公開場合保持沉默的同時，私下裡和代慶國、文盛西交流時，對二人的戰爭表明了立場：「良性的競爭會促進電子商務的發展，對於你們的大戰我只想說一句——讓暴風雨來得更猛烈些吧。」

結果引來了代慶國的埋怨和文盛西的白眼。

埋怨歸埋怨，白眼歸白眼，代慶國和文盛西對商深卻沒有半分怨言。說實話，最終大戰雖然鬧得紛紛揚揚並且和當年商深與葉十三的戰爭一樣波及到了整個互聯網，但還是為了叮叮和北西帶來了知名度並且導入了流量。

這場大戰之前，北西在網上圖書市場的銷售額不及叮叮的五分之一，大戰之後，迅速攀升到了三分之一，並且呈現持續上漲的趨勢。

雖然叮叮比北西早上市許多年，但兩家公司走的是兩條截然不同的道路。走到前面的未必就是笑到最後的，笑到最後的不一定就是市場最高的。在互聯網的世界裡，有太多的神話，也有太多令人眼花繚亂的逆轉。

此為後話。

聽完了商深的演說，文盛西久久無語，代俊偉也陷入了沉默之中，倒是一向喜歡最後一個表態的歷隊搶先發話了：

「商深，聽你這麼一說，你有意入股叮叮了？從你的佈局來看，你以後會看好電子商務和搜尋引擎市場？言外之意就是說，我所在的軟體公司以後不會在互聯網的帝王爭奪戰中佔據一席之地了？」

「也不是說軟體不能成就帝王，也許最終還是軟體的天下，不過在未來五到十年期間，會是網站一統天下的格局。當然，也有一個例外——企鵝。企鵝會憑藉一款企鵝軟體而成為王者。」商深知道歷隊表面上沉穩，其實一直在為縱身一躍成為互聯網的弄潮兒而做足了準備。

「企鵝以後真有這麼大的做為？」文盛西總是想不通商深為什麼這麼

看好企鵝，「不就是一個網路聯絡軟體，能有多大的影響力，能產生多大的價值？」

「五位的企鵝號碼已經沒有了，六位也緊缺了，現在都發放到七八位的號碼了，有一天說不定會是十二位的號碼也不一定，從號碼增長的速度就可以看出企鵝的市場潛力有多可怕多驚人。」商深笑了笑，「也許你想像不到企鵝未來的前景有多厲害，我舉一個例子你就明白了，在手機剛出來的時候，誰也想像不到手機的市場規模有多大。但是現在你看看中國移動的增長速度，你就會知道人們對隨時交流的渴望有多巨大了。企鵝就是可以滿足你線上隨時和朋友交流的軟體，所以，企鵝以後會成為和手機一樣，幾乎人人都有的聯絡方式之一。你說會不會創造出巨大的財富來？」

「真要這樣的話，馬化龍就發了。」文盛西瞪大了眼睛，「現在企鵝的註冊用戶有多少了？」

「五百萬以上，一千萬以下。按照現在增長的速度計算，到年底，超過四千萬不成問題。」

文盛西幾乎說不出話來，「四千萬？太太太誇張了，當初我怎麼就沒想到編寫一款網路聊天軟體呢？說不定現在也成功了。」

「想太多了，呵呵，和企鵝同期的幾款網路即時通訊軟體都沒有成功，你入場的話，也未必可以贏得掌聲。」代俊偉沉默了半天，終於插話了，「也許電商是你的方向，你非要去別的行業插上一手，說不定顧此失彼。就像我，我只專注於搜尋引擎，對於網路即時通訊軟體和電子商務都不感興趣。」

雖然商深贊成代俊偉的觀點，但還是建議他：「代哥，其實你可以在千度打開局面之後，也開發一家電商網站，就算不是公司的主要發展方向，至少也要先跑馬圈地，好在未來中國互聯網的大格局之上先落下一子。」

「還是不要了，我喜歡專注於一件事情。」代俊偉笑著回絕了商深的提議。

「我也覺得商深的話有道理，搜索網站有天生的進軍電子商務的基因。」文盛西也附和商深的提議。

「我也曾建議小馬哥在機會合適的時候進軍電子商務，他也覺得多餘。」商深搖頭說。

「如果我做電子商務，就會和馬朵正面競爭了，到時你會傾向誰更多一些？」代俊偉想要考一考商深。

「我一向是居中的立場，我只傾向市場。」商深的回答滴水不漏，「競爭不可怕，失去市場才可怕。中國市場很大，足夠容納三家並駕齊驅的電子商務網站，因為有一句老話不是說要貨比三家嗎？哈哈。」

「聽你們暢談未來，我忽然覺得我的前景一片黯淡。」歷隊忍不住搖頭嘆息了，「我的未來設想是成為一名硬體提供商，做一家如蘋果一樣的企業。」

蘋果在經歷危機之時，迎回了創始人賈伯斯。賈伯斯重新執掌蘋果公司之後，於九七年推出iMac，創新的外殼顏色透明的設計使得產品大賣，並讓蘋果度過財政危機。此後，蘋果陸續推出了多款全新產品，讓蘋果的影響力持續上升。

「我的偶像是賈伯斯，」歷隊說，「我想通過硬體改變世界和影響人們的生活方式。」

賈伯斯被認為是電腦業界與娛樂業界的標誌性人物，他經歷了蘋果公司幾十年的起落與興衰，先後推出了麥金塔電腦（Macintosh）、iMac、iPod、iPhone、iPad等風靡全球的電子產品，深刻地改變了現代通訊、娛樂、生活方式。

商深微微有幾分吃驚，從事軟體行業的歷隊居然有硬體夢，雖然以前歷隊曾經說過想要成為生產電子數位產品的提供商，當時他只當是歷隊的夢想，沒想到，歷隊的夢想一直在堅持，從未放棄。

「科技改變世界，科技既包括網站、軟體，也包括硬體。蘋果通過數位產品和自己的作業系統改變著世界，微軟透過WINDOWS改變著世界，也許有一天，微軟也會推出自己的硬體產品。中國現在正缺少一家可以走出國門打響世界的品牌，這個重任，就落在你的肩上啦。」

歷隊哈哈大笑：「現在想著衝出國門有點太好高騖遠了，如果有一天我開始著手設計硬體了，我只希望我的產品可以先在國內的市場站穩腳跟，保證正常運轉的利潤就足夠了。」

「你可以改變銷售思路，改變銷售模式，不走尋常路，直接通過電商線上預定。」

商深不是隨口一說，他是真心覺得未來硬體會大有所為，手機剛推出之時，功能單一而且體積十分龐大，現在功能越來越多，體積卻越來越小，甚至初步具備了上網功能，未來的互聯網到底能走多遠，全部依賴於硬體的先進程度。

「你是說，不走實體銷售的模式，只在網上銷售？」歷隊還沒有想得這麼長遠，他眼前一亮，「到時我還得借助你的力量，打通馬朵的關係銷售我的電子數位產品。」

「說不定你還需要我的管道。」文盛西哈哈一笑，「歷隊，你想做什麼樣的電子數位產品？」

歷隊想了一想：「手機。」

「好，我先預訂一萬部。」文盛西一拍大腿，「終端管道就是第一生產力，管道在手，江山我有。」

「我不做電商，但我的搜尋引擎可以利用智慧排序為你宣傳。」代俊偉問道，「有沒有想好名字？」

「大概想了一個，想叫大稻科技。」歷隊點頭對文盛西和代俊偉表示感謝，又問商深，「你覺得這個名字怎麼樣，商深？」

「大稻科技？」商深微一沉吟，「為什麼是大稻而不是小米？」

「大稻比小米大氣。」歷隊一笑。

「你真的不打算進軍電商領域？」商深又問代俊偉，「現在時機正好，錯過現在，也許就沒有好位置了。」

「不做。」代俊偉堅定地搖了搖頭，「一心做好搜尋引擎就足夠了，谷歌現在的發展勢頭就非常迅猛，我必須在谷歌進入中國之前，先佔領至高點。」

商深心中微有遺憾，不過也不好再說什麼，畢竟代俊偉和馬朵都是他的好友，出於對市場的大局考慮，他希望代俊偉進軍電子商務，也是基於中國互聯網大格局的考慮。他從事控股投資，中國互聯網產業的格局越大，他的投資回報率就越高；站在更高層次來說，中國互聯網產業的格局越大，中國在世界互聯網版圖中的地位就越高。

只是……商深暗想，錯過了這次進軍電子商務的最佳時機，代俊偉以後若是再想進軍電子商務，絕對會付出比現在百倍努力的代價，說不定還不會成功。

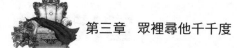

對馬化龍來說也是如此。不過馬化龍現在也顧不上電子商務，他走的是社交路線，和代俊偉的搜尋引擎之路完全不同。相對來說，電子商務可以借助搜尋引擎的力量順勢而起，也就是說，代俊偉捎帶就可以再搭建一個電子商務網站。

還真讓商深不幸言中了，若干年後，代俊偉和馬化龍成為三巨頭之中的兩大巨頭之後，驀然回首才發現，在電子商務領域，馬朵已經形成了一家獨大的格局。二人決定奮起追趕，紛紛投入鉅資構建電子商務網站，並且充分利用自己各自的優勢——代俊偉利用千度的搜索優勢；馬化龍利用企鵝精準到每個企鵝用戶的優勢來推廣各自的電子商務網站，結果讓人大跌眼鏡的是，在大力推廣了將近兩年之後，千度和企鵝在電子商務領域依然沒有任何起色，在芝麻開門的光芒的籠罩下一片黯淡。

當二人回想起商深當年的話，才意識到商深是怎樣的高瞻遠矚。只不過一切為時已晚，在電子商務領域，除了芝麻開門之外，就只有文盛西的西北商城風生水起，成為馬朵的心腹大患。

「對了，千度的名字有什麼說法？」文盛西對千度的名字大感興趣。

代俊偉擺出了長篇大論的姿態：「千度取自宋詞『眾裡尋他千百度』，是我起的。這個想法源自於Inktomi。Inktomi是一家在美國納斯達克市場市值達到兩百億美金、為門戶網站提供搜尋引擎服務的上市公司。Inktomi一詞是印第安語，意思是『智慧的蜘蛛』。我就由此推想，如果一個出自印第安語的品牌可以被美國用戶認同，那麼如果有一天自己的公司變成一家世界級公司，給它起一個源於古代中國的名字也是沒問題的。因為，文化從根本上是相通的，尤其是詩詞，詩詞之美不分民族、種族和國界、時間。本來我想從『眾裡尋他千百度』之中選擇百度，後來覺得千比百更大，而且還有千方百計千言萬語的意思包含在內，就起名為千度了。」

「在為投資人解釋『眾裡尋他千百度』時，我是這麼說的──在淒美中尋找幽微的美感，比喻成在面臨人生的許多阻礙的同時，追求自己的理想──結果得到了他們一致的贊同。」

「好了，時間不早了，怎麼歷江他們還不到？」崔涵薇已經準備好火鍋，「可以吃了，乾脆不等他們了。」

「好，我們先吃。」

商深話才說完，門一響，歷江、杜子清和衛辛出現門口。

「怎麼也不等等我們，太不夠意思了。」歷江見幾人已經準備就緒，哈哈一笑，「要不是路上出了點事，我們早到了。」

「出什麼事了？」商深嚇了一跳，「沒出意外吧？」

「沒事。」杜子清比之前稍微豐腴了幾分，精神狀態倒是不錯，「就是半路上遇到了一起追尾車禍，歷江多管閒事，下車一看，還遇到熟人了，竟然是葉十三。」

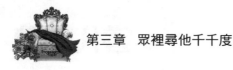

「追尾倒沒什麼，是小事故，奇怪的是，是葉十三撞上了伊童。」歷江接過話頭，「平常葉十三和伊童不是都開一輛車嗎？就算偶爾有事分別開車出去，北京那麼大，遇上都很難了，何況遇上還撞上。」

出於職業習慣，歷江詳細詢問了事發經過。根據葉十三的口述，他是要去銀行取錢，在拐彎的時候接到一條簡訊，在滑手機的時候沒留神前面的車突然剎車就撞上了。

伊童的說法從側面驗證了葉十三的話沒有說謊，因為簡訊正是她發的。

既然是誤會，雙方又認識，歷江就沒有多想，離開了現場。

「快到這裡的時候，子清才告訴我一件事，讓我覺得葉十三撞上伊童的事，似乎另有玄機。」歷江邊說邊自顧自吃了起來，也不管身後的衛辛。

「什麼玄機？」

商深招呼杜子清和衛辛坐下，衛辛對商深淺淺一笑，笑容中，既有遺憾又有無奈。商深的心思落在歷江所說的意外事件上，雖然他注意到衛辛的眼神，卻沒有在意，他真心希望衛辛和歷江走到一起。

「子清，你來說……」歷江埋頭吃了起來，讚不絕口。

商深只好問杜子清：「到底是什麼情況？」

崔涵薇幾人也都大感興趣，支起了耳朵。

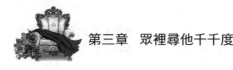

「我一開始也覺得這是一起再普通不過的追尾事件，但就在我上車準備離開的時候，忽然發現葉十三的車裡還坐著一個人。葉十三的車窗貼了很深的防護膜，看不太清楚裡面的人的長相，但我還是認出了他是誰。」

「誰？」徐一莫瞪大了眼睛，好奇而誇張地笑了，「不會是畢京吧？」

「一猜就對。」杜子清嘻嘻一笑，「一莫你真厲害，就是畢京。」

「畢京坐在葉十三的車上很正常啊，不值得大驚小怪。」徐一莫大失所望地搖了搖頭，「我還以為你發現了什麼新大陸，正準備好好分析分析，原來是畢京，太沒意思了。」

「我話還沒說完呢……」杜子清笑道，「一開始我也是這麼想的，畢京和葉十三是好朋友，他坐在葉十三車裡是正常現象。但畢京的舉動讓我意識到了正常之外的不正常，因為畢京不但坐在車的後座，還圍了圍巾，戴了帽子和墨鏡，乍一看，就好像一個地下工作者一樣。車裡開了暖風，誰會和電影明星一樣捂得嚴嚴實實，唯恐別人認出自己？」

商深愣住了：「畢京既然捂得這麼嚴實，你怎麼一眼認出他了呢？」

「因為……」杜子清掩嘴一笑，「我和畢京從小一起長大，他捂得再嚴我也能認出他，他露出了鼻子，別人也許不知道，我可是清楚得很，畢京的鼻尖上有一塊胎記，再加上他獨特的頭型，我一眼就認出他了。」

「然後呢？」商深也感覺到哪裡不對，皺起眉頭。

「然後畢京也發現我認出了他，還特意扭過頭去，避開我，我就更加懷疑他坐在葉十三的車內是有不可告人的目的了。如果是平常還好，重點是偏偏葉十三撞上了伊童。」

杜子清最是瞭解葉十三和畢京了，葉十三骨子裡不壞，但他善妒，又最容易被畢京煽動。畢京十分瞭解葉十三的弱點，可以說他完全是葉十三的剋星，也可以說，畢京就是葉十三心中的惡魔。

杜子清的話讓商深一時驚醒，他認真想了想：「子清，你和葉十三、畢京最熟，你覺得畢京和葉十三在一起，又追尾了伊童，會是巧合還是有意為之？」

「不知道。」杜子清搖搖頭，「不過我知道，只要畢京和葉十三在一起，葉十三就會被他煽動，他最能調動葉十三的情緒了。別看葉十三看似很有主見，但畢京總能說到他的心裡，葉十三表面無動於衷，其實他最終還是會被畢京牽著鼻子走。」

「我是警察，按理說在沒有確鑿證據的前提下不該這麼說……」歷江放下筷子，擦了擦嘴，「但我還是得說，遊船事件背後的主使，一個是黃廣寬，另一個就是畢京。可惜的是，現在沒有直接證據指向他。唯一的人證朱石也消失了，但他跑不了，早晚我會抓住朱石。」

「朱石還沒有消息？」徐一莫也無比痛恨朱石。

「沒有。」歷江搖搖頭，「應該是潛逃到香港了。據查，黃廣寬名下的資產已經被瓜分一空，可憐黃廣寬辛苦一輩子，最後一場空呀。所以說，人呀，有什麼別有病，沒什麼別沒良心。良心一沒，就什麼都沒有了。」

一番感慨後，歷江才注意到坐在身邊的代俊偉，主動伸出右手：「代總是吧？我歷江，商深的鐵哥們，聽說你的千度還有資金缺口，我手中還有十萬塊閒錢，需要的話說一聲，隨便算百分之一的股份就行了。」

文盛西哈哈大笑：「歷江，現在形勢不一樣了，十萬塊拿出來投資已經沒人要了。代總從美國回來的時候，直接帶了一百二十萬美元，現在他別說暫時不需要融資，即使需要，也只有商深才有資格和他談判。所以說，歷江，你想要投資的話，就直接投資商深本人就夠了，保你榮華富貴。投資感情比投資任何企業都長久，也回報更高。」

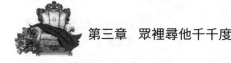

「文哥的話說得好，喝一杯。」歷江哈哈一笑，和文盛碰杯，然後一飲而盡，「各位，以後在北京的地界上，不管什麼大事小事麻煩事頭疼事，只要找到我，不敢說一定解決，肯定不敢怠慢半分，當自己的事情去辦。要是我有一分應付差事，我就不姓歷。」

「正好我有一件事要拜托你幫忙，」文盛西嘻嘻一笑，一拍歷江的肩膀，「老弟，能不能幫我搞兩張票，站票就行，不需要貴賓席，也不需要坐票。」

「誰的演唱會啊？」歷江眼睛一瞪，「不是我吹牛，不管是哪個大牌來北京開演唱會，都得過我和我的哥們的關，貴賓票敢不給？等著瞧，肯定沒下次了。」

儘管知道歷江的話中多少有誇張的成分，但北京畢竟是天子之地，藏龍臥虎，不知道誰會有多大的能量。

文盛西哈哈一笑：「要不我找你幹嘛，我就知道你夠力。」

「說吧，誰的演唱會？」歷江擺出了來者不拒的姿態，彷彿只要文盛西一開口，他就立馬可以拿到票。

「今年國慶大閱兵，我想請你幫我弄兩張城樓上的站票。不要貴賓票，也不要坐票，站票就行。」文盛西十分認真地說出他的請求。

全場愣了片刻之後，「哧」的一聲，徐一莫一口茶水全部噴了出去，正好噴了歷江一身。

歷江也愣了足足有一分鐘之久，也笑噴了：「文哥，你消遣我是吧？我有這本事，早就抓捕朱石歸案了，還用坐在這裡跟你吹牛?!」

眾人哄堂大笑。

「快過年了，大家也都放假了，聚在一起不容易，不喝酒怎麼盡興?!」

徐一莫吃到興起，一時高興，才發現沒有準備酒，只有可樂和果汁，「商總，你也算是有身分的人物，請我們吃飯，卻連一瓶酒也沒有，也太摳門了吧？」

商深不太想喝酒，在座幾人中，除了歷江酒量驚人之外，其他人都不善飲酒，萬一喝醉了肯定得折騰一夜。他本想搪塞過去，不想讓徐一莫拿酒，不料徐一莫話剛說完，藍襪就起身打開冰箱，拿出了幾瓶啤酒。

「不行，這麼冷的天喝啤酒，這喝的不是酒，是毒藥。」

徐一莫推開藍襪，打開櫥櫃，從裡面翻出了幾瓶紅酒，哈哈一笑，「拉菲，哈哈，還是八二年的好酒。」

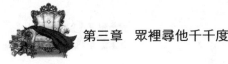

「咦，我不記得家裡有紅酒，」商深看了崔涵薇一眼，，「我一直喝的是八二年的雪碧和可樂。」

崔涵薇笑而不語。

藍襪說道：「是我的酒，上次和涵薇一起來的時候，我放在櫥櫃裡。放我家裡不安全，不高興的時候我就喜歡摔東西，有好幾瓶拉菲都讓我摔碎了。」

歷江連連咋舌：「生氣摔拉菲玩？有錢人的世界我們不懂。幹嘛不摔可樂？可樂有氣，摔起來砰的一聲才有感。」

「噗哧！」藍襪笑了。

「喝酒，喝酒。人生得意須盡歡，莫使金樽空對月。」徐一莫開瓶，為每個人倒了半杯，「來，乾杯。」

「紅酒要品，尤其是好的紅酒。」沉默了半天的范衛衛終於開口了，她不忍看徐一莫暴殄天物，「要先在杯子裡晃動一下，如果冰鎮一下會更好……」

徐一莫白了范衛衛一眼，一口喝乾杯中酒，「對我來說，拉菲和茅臺沒什麼區別，都是酒精的混合物。喝酒不求品味，只為一醉。」

范衛衛無語，只好和商深碰了碰杯：「真是可惜了八二年的拉菲。」

商深微微一笑：「一莫說得也有幾分道理，喝酒很多時候喝的是心情和氣氛，只不過八二年的拉菲碰巧出現在我們的面前而已，換了別的普通紅酒，一樣可以喝出應有的味道。」

「商深說得對！」代俊偉輕抿了一口酒，「酒只是助興的工具，太過於講究了，就落於形式而疏忽喝酒本來的意義。說實話，也許現在八二年的拉菲對我們來說價值不菲，但幾年之後，對我們的身價來說也不算什麼了。有錢當然是好事，但如果非要處處表現出有錢的優越，就失去了成功的真正意義。」

「為代總的話乾杯！」歷隊帶頭舉杯，「為了成功，我們付出了青春和激情，付出了所有的努力和夢想，我們想要收穫的，不僅僅是金錢數字的增加，也不是為了可以經常喝一瓶八二年的拉菲，我們想要的是獲得社會的認可和別人的尊重。社會對一個人的認可，不是因為他有多少錢，而在於他為社會做出了多大的貢獻。別人對你的尊重，也不是因為你可以天天喝八二年的拉菲，因為對別人來說，八二年的拉菲遠不如一份月收入八百元的工作更有意義，他不需要什麼八二年的拉菲，他需要吃飯和生存。你如果不買八二

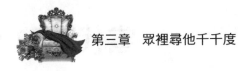

年的拉菲而為他提供一份工作，他會尊重你的義舉。」

「一個人對社會的奉獻越多，有別人越有用，他才越成功。」藍襪也舉起了酒杯，「所以在我生氣的時候，專捧八二年的拉菲，因為我覺得許多人認為喝一口八二年的拉菲似乎就是成功人士了，其實不過是一個易碎的假象罷了。」

「哈哈。」商深大笑，藍襪有錢任性，換了別人，一瓶八二年的拉菲如獲至寶，別說摔了，喝都不捨得喝一口，八成供起來當成收藏。

眾人一起碰杯，在清脆的聲響中，一瓶八二年的拉菲就和其他的普通紅酒一樣，很快就被眾人喝進了肚子裡。

藍襪一共放了五瓶八二年的拉菲，眾人的戰鬥力倒也強悍，不多時就喝完了三瓶。徐一莫二話不說，又打開了剩下的兩瓶。

第四章

當眾表白

「我只希望有一個人在心裡能記得我，記得我曾經為他所做的一切，在他幸福的時候，偶爾會想起他的幸福的背後也有我的一份功勞，我就知足了。」

所有人都聽出來徐一莫是在當眾表白。

表白的對象是誰？不用猜也知道。

「還真把八二年的拉菲當成可樂喝啦？」文盛西有了幾分醉意，他遞過酒杯，讓徐一莫又倒了一杯，「既然喝了，就得喝得盡興，來，喝。」

幾人都有了醉意，尤其是徐一莫醉得更厲害，她站起來，搖晃幾下，險些沒有摔倒，幸好毛小小扶住了她。

「我來做莊。」徐一莫先敬商深，「商哥哥，敬你一杯。自從我認識你之後，我才知道人生有更廣闊的天地，也親身經歷了互聯網財富神話風暴。感謝你讓我擁有了豐富多彩的人生，感謝你讓我提升了眼界，我先乾為敬。」

商深想要阻攔徐一莫，她喝不少了，但還沒開口，徐一莫已經一口喝下肚，商深只好陪徐一莫又喝一杯。

「有時候人會做錯事傻事，我也是，有一件事情我在當時覺得自己做得很正確很有意義，現在才發現，原來不但做錯了，還大錯特錯，錯得非常離譜。只不過大錯鑄成，已經不可能挽回了，除了後悔還是後悔。可是後悔有什麼用?徒增煩惱罷了。」徐一莫突然傷感起來，說了一大通讓人一頭霧水的話。

也許是喝多了，也許是觸動了往事，她眼眶濕潤地說：「我只希望有一個人他在心裡能記得我，記得我曾經為他所做的一切，在他幸福的時候，偶爾會想起他的幸福的背後也有我的一份功勞，我就知足了。」

所有人都聽出來徐一莫是在當眾表白。表白的對象是誰？不用猜也知道。

徐一莫不給眾人猜測的機會，一抹眼淚又說：「你們別笑話我，誰的青春沒有過遺憾、沒有過後悔？有遺憾和後悔不怕，怕的是，你不敢面對你的遺憾和青春。薇薇，第二杯酒，我敬你。」

崔涵薇心中五味雜陳，她聽出徐一莫剛才的一番話是對商深而發，商深太優秀了，優秀的男人如果沒有女孩喜歡也不正常，但為什麼偏偏是徐一莫？徐一莫是她最好的閨蜜，是她最信任、最不會提防的好友。

她不是指責徐一莫什麼，有時候愛情來了，擋不住攔不住自己又做不了主，她怎能責怪徐一莫？只是她怎麼也沒有想到，徐一莫會當眾說出來。

范衛衛低下了頭，雖然之前她早就看出了徐一莫對商深的感情，但也沒想到徐一莫會大膽到當著所有人，包括崔涵薇的面說出來，她心中發出一聲悠長的嘆息，一為她之前終究還是誤會了徐一莫和商深而自責，二為徐一莫還是沒能逃脫商深的魅力，深陷商深的情網之中而無奈。如果她也能如徐一莫一樣大膽而直接，並且在當初不那麼固執，直接和商深面對面說個清楚，也許她和商深也不會有今天的局面。

正如徐一莫的說，誰的青春沒有過遺憾沒有過後悔？有遺憾和後悔不怕，怕的是，你不敢面對你的遺憾和青春，直到現在，她還沒有勇氣面對她和商深的過去。

代俊偉和文盛西、歷隊交流了一個眼神，幾人心意相通，都擺出置身事外的態度。感情上的事情最是糾葛和複雜，身為外人，還是高高掛起最好。

歷江想說幾句什麼，剛要開口，卻被衛辛拉住了。衛辛朝他搖了搖頭，暗示他不要多管閒事，歷江嘿嘿一笑，繼續埋頭吃飯。

毛小小瞪大一雙眼睛，怔怔地望著崔涵薇、徐一莫和商深三人，作為徐一莫最好的朋友，她自然希望徐一莫可以和商深走到一起。但以現在的情形來看，徐一莫在當眾表白之後，是要正式退出了。

「一莫……」

崔涵薇舉起酒杯，忽然覺得徐一莫既熟悉又陌生，「過去有遺憾也有美好，但過去終將過去，活在當下嚮往明天，才是我們正確的選擇。來，乾杯，為了我們更加美好的明天。」

徐一莫和崔涵薇碰了碰杯，眼中湧動淚花：「謝謝你，薇薇，我知道有些事情我做得不對，可是，我也不想……」

話未說完，徐一莫已經泣不成聲。

商深心情沉重，徐一莫從來都如一個快樂的精靈，渾然不知人間憂愁為何物，她爽朗而奔放，就如夏天裡最明媚的一道陽光，帶來了亮麗和歡笑。現在的她，梨花帶雨，就如被雨水打濕的鮮花。

商深並不想惹太多情債，和范衛衛的戀愛就耗盡了他所有對愛情的渴望，從此，他不敢輕易再對任何一個女孩動心。直到他愛上崔涵薇，他的心才算有了歸宿。對一個事業為重又用情專一的男人來說，家中有一個女人就夠了。

「不要說了，一莫，我不怪你什麼，也知道你很克制自己。」崔涵薇將徐一莫抱在懷中，「我們都不知道明天會發生什麼，但我們相信，明天肯定會更美好。」

「嗯。」徐一莫點了點頭，努力止住了哭泣，一抹眼淚又破涕為笑了，「沒事了，我好了，謝謝薇薇。該敬藍襪了。」

藍襪默默地站了起來，和徐一莫碰了碰杯，自己先一口乾了：

「不管我們過去做對了什麼或是做錯了什麼，終究都過去了，感情的微妙在於不受控制，不可預知。你永遠不會知道，你會在什麼時候愛上一個人，又會在什麼時候，你發現即使眉目相映，也再也不能夠千山萬水為他沉醉。我承認，我也喜歡過商深……」

此話一出，舉座皆驚，就連崔涵薇也震驚得筷子失手落地。

范衛衛無比幽怨地看了商深一眼，眼中不知是責怪還是抱怨，神色比剛才又黯淡了幾分。商深呀商深，你明知情債最難償還，卻還是惹了一身塵埃，你真是一個害人精。

不過又一想，這也不能怪商深，就如光芒四射的明星一樣，有無數粉絲喜歡，你能怪明星太耀眼太優秀嗎？顯然不能。

崔涵薇咬了咬嘴唇，想說什麼，又咽了回去。

「不過喜歡歸喜歡，就和我一直喜歡劉德華一樣，只是當成心中的一個美麗的幻影，一個並不希望可以實現的美夢。人活著，總需要美夢的寄託。」

藍襪又舉起了酒杯，朝商深示意，「商深，喜歡你，並不代表我希望你也喜歡我。我只是更願意將你當成遠處的風景，在我疲憊和無助的時候，坐下來遠遠地欣賞一番，然後在恢復了體力和信心後，重新上路，你就會被拋到了身後。」

「對，不用多久，商哥哥就會被我拋到身後。」徐一莫笑裡帶淚，

「就如我們一去不復返的青春，從現在起，我要告別過去告別青春，告別一九九九，迎接新世紀。」

「致我們一去不復返的青春！」商深也站了起來，舉杯呼應，「青春的小鳥一去不回來，我們青春不再，但理想還在，未來不遠，夢想還沒有實現。」

杜子清淚如雨下，她想起了她和葉十三的往事，感同身受，高高舉杯：「致青春，致明天，致夢想，致曾經的愛情。」

對在座的人來說，不管有沒有值得紀念的愛情，但青春都已經逝去，是該值得紀念，值得緬懷，值得致敬。

青春是一條奔流不息的河流，每個人都順流而下，片刻不能停留。有人說過，長得好看的人才有青春，長得醜的人就只有大學和躁動的青春期了。但不管長得好看還是長得醜，青春的河流都會激起一朵朵浪花，也都會有刻骨銘心的回憶。

所有人都站了起來，舉杯相慶：「致青春，致夢想，致明天。」

范衛衛也哭了。

曾經范衛衛以為自己很堅強，堅強到了不需要悲傷的地步，但是現在她才知道，她所謂的堅強只是硬撐和假裝罷了，實際上，她不過是一個和別的女孩沒有兩樣的普通女孩，在需要的時候，也渴望有一個肩膀可以依靠，也希望有一個寬闊的胸膛可以休憩。

本來只有徐一莫流淚，後來加入了杜子清，她們兩人哭還不算什麼，范衛衛一哭，毛小小也撐不住了，嚶嚶地哭了起來。

人的情緒會傳染，尤其是女孩之間的悲傷情感，藍襪也鼻子一酸，想起自己的身世和不幸遭遇，也是眼眶一紅，淚水奪眶而出。藍襪一哭，最為矜持的崔涵薇也忍不住落淚了。

衛辛也哭了。

幾個女孩各有各的傷心，崔涵薇的傷心無從說起，就是想哭。徐一莫的傷心是因為求之不得；藍襪的傷心是感懷身世和感情無處著落；毛小小是因為徐一莫的傷心而傷心；杜子清是想起了和葉十三的往事再加上被氣氛感染。

衛辛雖然以前對商深有過朦朧的感覺，卻因為後來和商深接觸不多，再加上歷江的猛烈攻勢，她心有所屬，對商深也就沒有了太多著落。只是現在被悲傷的情緒擊中，觸發了傷心往事，也禁不住淚水滾滾滑落。

商深幾人一時無語，也想起了青春和往事，在為事業奮鬥和拼搏之時，在追求夢想的道路上，都曾經遺落過許多往事。只是不管想或不想，願意或不願意，總有一些往事，不再提起只想忘記。

「唉，喝八二年的拉菲還能喝哭，傳出去，別人是笑話我們太土還是嘲笑我們太浪費？」歷江見氣氛不對，搞笑說，「來，乾完最後一瓶拉菲，我們喝點上億年的好東西。」

「什麼上億年的東西？」代俊偉被歷江繞了進去。

「水啊。」歷江哈哈大笑，「科學家說，地球壽命有四十五億年，那麼水至少也有四十億年以上了。和四十億年的水相比，八二年的拉菲算什麼！」

「哈哈……」眾人都笑了起來。

是夜，代俊偉、文盛西、歷隊和歷江、衛辛開車離去，崔涵薇、徐一莫、藍襪和范衛衛、毛小小留宿。以前商深家中最多留宿過三位美女，這次倒好，增加到了五人。

如此，如果商深還住在自己房間，就不夠住了，商深只好發揮奉獻精神，讓出了房間，他睡客廳的沙發。

最後經過分組，崔涵薇、徐一莫和藍襪睡主臥，范衛衛和毛小小睡次臥，也就是商深的房間。

不過臨到入睡時，徐一莫忽然改變了主意，和毛小小調換，她要和范衛衛同床共枕。

「以前我對你有偏見，衛衛，你別放在心上。現在我終於想明白了，其實你對商哥哥的恨是源於對他的愛，愛有多深恨就有多深。」徐一莫和范衛衛躺在床上，臉對臉，月光照在她和范衛衛的臉上，呈現迷幻的光芒。

「都過去了，就和曾經的青春一樣。以前的我們，太幼稚太衝動，充滿了激情卻缺少理性，充滿了渴望卻缺少思索。」范衛衛粉面如霜，雙眼如星，臉色平靜如水，「我一直覺得商深對不起我，他拋棄了我移情別戀，他就該受到懲罰。所以我出於報復心理，要不惜一切代價打敗他。當時以為只有打敗了他才能出一口惡氣，現在才知道，其實處處和商深作對，還是想引起他的注意，讓他不要忘了我……」

二人你一言我一語，從認識時說到現在，許多雞毛蒜皮的小事也被翻了出來，不知不覺說了兩個小時。

「你說商哥哥睡了沒有？」

夜色已深，徐一莫卻全無睡意，忽然突發奇想，想要捉弄商深，「我們裝女鬼去嚇唬嚇唬他？」

范衛衛樂了：「裝什麼不好，非要裝鬼？」

二人穿了睡衣下床，躡手躡腳來到客廳，沙發上有一床被子，被子蓋得很嚴實，徐一莫伸出手想要去擰商深的耳朵，不料卻空空如也。被子裡面沒人。

「啊，他不在，去哪裡了？」徐一莫吃了一驚，朝主臥指了指。

范衛衛搖頭，判斷說：「不會，他才不會亂來。看，他的鞋不在，應該是下樓了。」

「這麼冷的天，又深更半夜的，下樓幹什麼去了？」徐一莫低聲說，然後拉著范衛衛回到房間，套上外套，「去，我們去找商哥哥，省得他一時想不開，萬一做出什麼傻事就麻煩了。」

社區內無比寂靜，一輪明月高懸天空，月明星稀，更顯清冷。雖然臨近春天的腳步不遠了，但畢竟還是深冬，又是深夜時分，還是其冷無比。

徐一莫凍得瑟瑟發抖，她和范衛衛一樣只在睡衣外面罩了一層羽絨服，寒冷順著雙腿往上走，讓人難以忍受。

轉了一圈，不見商深的蹤影，二人頂不住了，就要回去。一轉身，卻發現在社區正中的觀景亭中坐著一人，正是商深。徐一莫和范衛衛跑到商深面前。

「商哥哥，你夢遊啦？」徐一莫拍了商深的肩膀一下，「大晚上一個人坐在這裡望月懷古，知道的人會說你有雅興，不知道的，還以為你夢遊或是得了相思病了。」

商深正想事情想得入神，被徐一莫一下拍醒，嚇了一跳：「你們怎麼來了？不好好睡覺，大半夜亂跑什麼。」

目光一掃，落在范衛衛的身上。穿了睡衣罩了外套的范衛衛頭髮散開，平添了幾分嫵媚氣息，讓商深心中驀然一動，想起了和范衛衛的往事，更覺得心緒難平。

商深也是因為心事過多無法入睡，索性下來走走，排遣一下心中的鬱悶，再好好想想下一步要怎麼走。不料才想了一會兒事情，徐一莫和范衛衛就出現了。

「你不也沒睡覺到處亂跑？」范衛衛自從和商深分手後，還從來沒有如現在一樣覺得和商深關係如此融洽，「想什麼呢？」

「想過去，想現在，想未來。」商深站了起來，「既然都不睡了，就到處走走，別坐這裡，太涼。」

冬天的社區，萬木凋零，有些角落殘雪未融，平添了肅殺之氣。商深穿得厚，倒是不怕，可惜范衛衛和徐一莫臨時起意下來，穿得單薄，二人都凍得嘴唇發紫。

「商哥哥，要不，借你溫暖的懷抱用一用？」徐一莫也不管商深是不是答應，順手抱住商深的胳膊，將身子靠了上去。范衛衛遲疑一下，也不再矜持，在另一側也抱住了商深的胳膊。

商深左擁右抱，心中卻沒有半點非分之想，只是覺得徐一莫也好，范衛衛也好，都是他生命中重要的人，他理所當然地應該保護和愛護她們。

「下一步公司除了投資代俊偉的千度之外，還打算投資什麼？」范衛衛心中一片澄明，覺得在商深的懷中，不但安定了許多，心境也莫名沉靜了。

「投資互聯網公司是主要方向，同時兼顧製造業……」商深暗自感嘆范衛衛確實是個冰雪聰明的女孩，一下就猜到了他正在思索的問題。

「製造業？早知道這樣，我不撤股未來製造就好了。」范衛衛大概猜到了商深的用意，「你是看好以後的手機市場？」

「不僅僅是手機，電子數位產品更新的速度很快，市場之大，或許會超出我們的想像。所以在未來，手機產業、電腦產業，尤其是筆電產業，會有很大的發展空間。」商深仰望星空，一時感慨，「未來是移動的時代，隨身攜帶的電子數位產品會比不方便隨身攜帶的產品換代更快。一台電腦幾千塊，可以用三五年甚至更久。一部手機也是幾千塊，許多人用上兩年時間就會換掉。」

「這麼說，你很看好歷隊以後進軍手機行業的前景了？」徐一莫點點頭，「我也喜歡最新款的手機，見到有新手機上市就會想換。」

「是的，我覺得歷隊如果以後找對了方向，找好切入點，他會有很大的成功。」商深心潮澎湃，「不僅僅是手機，也許在未來會有一個先驅者找到一種方法，可以統一電子數位產品市場，從電腦、電視、手機等等，將所有自家生產的數位產品通過某種方式串連在一起，達到一呼百應的效果。」

「這……」

范衛衛被商深的奇思妙想震驚了，她實在想像不出來商深的設想是怎樣的場景，「不明白，想不通，不知道你在說什麼。」

「我也不知道。」徐一莫歪頭認真地想了想，「如果說電腦和手機可以連在一起還可以理解，電視又不能上網，怎麼連接？電視又是有線廣播線路，和電腦上網不是一個通路。」

「以後也許可以幾家合在一起，電視說不定也可以上網，或者說，電腦可以有電視的功能，電視也可以當電腦使用……」商深想像道：「這是一個無限可能的時代。只要敢想，就一定可以實現。科技的力量正在展現最強大的生命力，改變所有人的認知，並且顛覆所有人的經驗。」

三人回房時，東方差不多泛白了。

三個人越聊越是興奮，越興奮就越沒有睡意，乾脆進商深的房間，繼續秉燭夜談——還真是秉燭夜談，開燈太亮，怕驚醒了對面的崔涵薇等人，不開燈又太暗，正好有蠟燭，就點了蠟燭。

在燭光的映襯下，三人一開始還坐著說話，後來乾脆坐到床上，圍著被子相對而坐。彷彿回到了大學時光，令商深想起在宿舍裡和幾個舍友抱著被子夜談時的情景。

崔涵薇有早起的習慣，天一亮她就醒了，睜眼一看，毛小小蜷縮在床邊，幾乎要掉下床去。藍襪側躺在中間，正睡得香甜。她悄然一笑，正要推門出去，藍襪和毛小小都醒了。

三人相視一笑，一起來到客廳，客廳中空無一人，三人大吃一驚。人呢？商深怎麼不見了？崔涵薇臉色大變，瞬間想起什麼，忙推開次臥的房門。

門一打開，眼前的景色頓時讓三人面面相覷，哭笑不得。床上，商深坐在中間，范衛衛在左徐一莫在右，三人呈三角之勢頭碰頭坐在一起，睡得正香。

沒錯，三個人圍著被子互相依靠，坐在床上睡著了。

「這是什麼情況？」藍襪睜大了眼睛，「三個人怎麼一起上床了？」

毛小小嘻嘻一笑：「肯定是晚上興奮得睡不著，然後就一起聊天，說著說著意猶未盡，又覺得冷了，就上床繼續聊了。」

崔涵薇呵呵一笑：「好了，不鬧他們了，收拾收拾，先去參觀拓海大廈，下午去提車，明天陪商深回老家。」

商深被吵醒，睜開迷迷糊糊的眼睛，見是崔涵薇，一下從床上跳了下來：「涵薇，我定了一個公司的五年發展規劃，打算在五年內做到一百億的規模，我還決定，公司永不上市。」

沒想商深醒來第一句話就是工作，崔涵薇憐惜地說：「放假了，就不要老想工作上的事。」

「五年內達到一百億不是問題，問題是，為什麼要永不上市？」藍襪不理解。

「不上市，就不會成為公眾人物，就可以完全隱藏在背後，當一個安靜的隱形掌門人，嘻嘻。」毛小小秒懂商深的意思。

范衛衛和徐一莫也醒了，范衛衛有幾分不好意思，下床後，朝崔涵薇羞赧地一笑，轉身出去洗漱了。

徐一莫完全沒有侵佔別人男友的自覺，她抱住崔涵薇的胳膊，嘻嘻一笑：「薇薇，昨天晚上借用商哥哥，和他談天說地，你沒意見吧？你放心，我們只談天說地，不談情說愛。」

崔涵薇表現出了應有的大度：「如果我不相信他也不相信你，我就不會讓你和范衛衛留宿了。如果他要防著我，以他現在的財力，也早就在外面買了房子了。是我的就是我的，別人搶不走，他也跑不了。」

藍襪悄悄豎起了大拇指，為崔涵薇點讚。

毛小小心中閃過一絲遺憾，崔涵薇越是大度，越是表現出對商深和徐一莫的信任，商深越不會離開崔涵薇，徐一莫也越不好意思和她爭奪商深，崔涵薇真是一個聰明的女孩。

吃過早飯後，商深一行六人開車前往正在興建中的拓海大廈。

由於冬天的緣故，工程進度並不快，不過地基已經打好，主體部分則是蓋到了三樓，等春節過後復工，半年時間就可以主體封頂。再加快進度的話，明年此時就可以進駐了。

商深站在拓海大廈的工地前面，雖然映入眼中的只是一片狼藉的工程現場，但他心中的藍圖已經畫好，成就未來的基業只是時間問題。

他用手一指樓前的一片空地：「在這邊空地上弄一塊大石頭，上面要有我的題字。石頭的後面，再立一個我的全身等比銅像，神態一定要意氣風發，姿勢一定要指點江山。」

「不是吧，商哥哥，你想那樣？你這樣搞，是是想讓公司上下每次路過你的銅像時，都下意識想要吐一口痰嗎？」徐一莫知道商深是在說笑，故意嘲笑他。

「哈哈！」藍襪被逗笑了。

商深無語，翻了個白眼：「別這樣嘛！我不過就是想像一下，幻想自己有朝一日可以成為無數人膜拜的偶像，你們犯得著冷嘲熱諷嗎？」

幾人一起哈哈大笑，商深無奈地也笑了。

第五章

狼子野心

「我一定會和他結婚的……」

伊童心思浮沉，從骨子裡她對葉十三還有提防之心，

害怕葉十三有侵吞伊家家產的狼子野心。

葉十三辭職後著手接手家族生意未嘗不可。

但一葉十三並不愛她，只是為了貪圖伊家的家產呢？

下午，商深在崔涵薇的陪同下，牽了他人生的第二輛車——路虎。

新車到手，免不了要試車。范衛衛回家了，徐一莫陪毛小小去買年貨，只有藍襪無家可歸無處可去，商深牽車時，藍襪雖然沒有一同前往，試車時，藍襪及時出現了。

商深現在的車技已經遠超崔涵薇和藍襪了，既然商深要試車，崔涵薇和藍襪自然樂意陪同。

車開到三環，商深開始加速，路虎的大馬力引擎果然威力驚人，轉眼間就到了時速一百二十公里。

「慢點兒開，還是新車，再說三環車多，危險。」崔涵薇擔心商深過於興奮而飆車，「別忘了葉十三出車禍的事。」

葉十三的車禍經過杜子清的分析和歷江的推斷，似乎真的有什麼隱情，商深雖然沒有懷疑葉十三會真對伊童下手，卻也覺得事有蹊蹺。

崔涵薇再次提及此事，他忽然想到了一個關鍵點，就對崔涵薇說道：「涵薇，你給衛衛打一個電話，問問她葉十三有沒有謀求伊家家產的想法。」

「好。」崔涵薇瞬間明白了商深的用意，當即拿出電話打給了范衛衛。

片刻之後她放下電話，回說：「衛衛說，據她觀察，葉十三本來對伊家家產沒什麼想法，但畢京一直想要說動葉十三對伊家家產出手。」

「這就對了。」商深搖搖頭，「希望葉十三不要在錯誤的道路上越走越遠，現在的他也不缺錢花，不要走向不歸路。」

「對了，衛衛還說，她明天正好沒事，問能不能和我一起陪你回老家，我沒好意思拒絕她……」崔涵薇不好意思地吐了吐舌頭，她心太軟，實在不好回絕范衛衛，何況她也知道范衛衛沒有惡意。

商深正要說些什麼，一抬頭頓時愣了愣：「前面的車好像是伊童的車。」

前面不遠處，一輛天藍色寶馬M5，如一條藍色的閃電穿行在車流之中，快速而敏捷。

「沒錯，就是伊童的車。」崔涵薇也認出來了，正是伊童新買不久的M5。

開始時，天藍色寶馬快速飛駛，一路過關斬將，秒殺了許多車。然而不知何故，不多時天藍色寶馬慢了下來，商深的路虎漸漸逼近了天藍色寶馬。

商深的車是新車，就算伊童注意到路虎，也不會想到車內的人是商深和崔涵薇，更何況她壓根就沒有注意到有一輛路虎不知不覺跟在身後。

此時的伊童，正和身旁的畢京發生激烈的爭吵。

沒錯，坐在伊童身邊的人不是葉十三，而是畢京。

「畢京，我最後一次警告你，不要再插手我和葉十三的事，你沒有理由也沒有資格！」

伊童對畢京怒目而視，怒氣衝衝地喝斥道：「別忘了，你現在還是遊船著火事件的嫌犯，只要朱石一落網，你就完蛋了。不趕緊想著怎麼跑路，還有閒心多管閒事，你是嫌自己命太長是吧？」

畢京安坐在副駕駛座，嘿嘿一笑：「沒有任何證據表明我在這件事件中有嫌疑，所謂的嫌犯一說，是你血口噴人。朱石現在活不見人，死不見屍，萬一他已經死了呢？再萬一，他死了之後沉到海底，一千年一萬年都找不到屍體，怎麼指證我？哈哈，伊童，你想得太簡單了，沒想到這麼多年過去，你還沒有什麼長進，我真替你著急，這樣下去，你到最後是怎麼死的都不知道，智商堪憂呀。」

「你！」伊童氣得漲紅了臉，「畢京，你怎麼變得這麼無恥了？」

「是嗎？無恥？我怎麼不覺得？」畢京笑得很邪惡，「在這個弱肉強食的世界裡，像我一樣出身貧微，一沒資金二沒背景的小人物，想要成功地躋身到上流社會，只有耍一些小小的手段。等我成功之後，高坐在眾生之巔俯視腳下的每一個人時，我的過去，還有一些不光彩的污點，誰會在乎？又有誰會提起？現在的人，只會看到你的成功或是失敗，只在意結果，才不會在乎你奮鬥的過程。」

「你怎麼變成這個樣子了？你現在很嚇人。」

伊童像不認識一樣看著畢京，放慢了車速，「我以為你叫我出來聊聊，是要說關於十三和未來規劃的事，原來你是想拆散我和十三。畢京，不管我們以前有過什麼不愉快的經歷，都已經過去了，你不要再揪住不放了。」

「你錯了，伊童，我對你沒什麼想法，更沒有對我們的過去揪住不放，你不是不知道我喜歡的人是范衛衛，我勸你和葉十三分手，是為了十三著想，他和你在一起，太委屈自己了，不但事事聽你的安排，而且你對他還極度不信任，他很痛苦。現在他又面臨著人生的重大轉捩點，求求你，放過他吧，伊童，如果你真愛十三，就要給他自由和空間，讓他做自己想做的事。」

畢京見成功地激怒了伊童，心中暗喜，繼續加足火力道：

「你肯定不知道上次十三追尾你的車，其實他當時的狀態半清醒半迷糊，清醒的是，他知道前面是你的車；迷糊的是，他也不知道為什麼，頭腦一熱就撞了上去。根據心理學的角度分析，十三是被你壓迫太久了，對你的所有不滿在一瞬間爆發出來，他的理智被暴躁代替，才會做出失控的事情。所以說，伊童，為了避免他以後做出更大的傻事，也為了你以後的幸福，真的，聽我一句話，放手吧，離開十三，給他一片自由的天空，否則心理一直壓抑，我擔心他遲早會崩潰。」

畢京徐徐推進，意欲一舉攻克伊童的心理防線。

伊童緊咬嘴唇，眉頭微皺，半晌沒有說話，心情沉重如陰沉的天空。

「十三和我在一起，真的這麼有壓力?你不要騙我。」

伊童回想起葉十三和她在一起時的種種，往事歷歷在目，似乎並沒有如畢京所說的一樣，她讓葉十三感受到那麼多壓力。

不過，確實在許多時候她過於強勢了一些，喜歡掌控一切，喜歡讓葉十三對她言聽計從。如果是以前還好說，現在葉十三已經功成名就，也算是知名人士了，如果還事事被她指揮，他必然心態失衡。男人都好面子，都希望自己可以當家作主，難道她真的對葉十三太苛刻了?

「我怎麼會騙你?」畢京見伊童已經動搖，開始打親情和悲情牌，「在北京，你和十三都是我最好的朋友，我比誰都希望你們可以更好。但是現在，如果你不有所改變，十三真的有可能被你逼瘋。」

近來葉十三確實壓力很大，在和資方經過半年多的磨合始終無法同步之後，他決定辭職。做出辭職的決定很痛苦，要放棄自己一手打造的公司，放棄曾經的夢想，對每個人來說都是一個無比艱難的決定。

葉十三想要辭職，伊童卻不同意，覺得時機不到。為此，葉十三還和伊童吵了一架。結果最後誰也沒能說服誰，伊童聲稱，如果葉十三堅持辭職的話，不管葉十三再從事什麼行業，她都不會再支持他。

葉十三也強硬地回應伊童，他辭職辭定了。辭職後不管再做什麼，也不會再和伊童合作。伊童只當葉十三是氣話，認為過幾天他就會幡然醒悟，然後再回頭找她，並且向她低頭認錯。

不料幾天過去，葉十三全然沒有回心轉意的跡象，正當她準備找葉十三溝通時，畢京打電話來，說是要和她談談葉十三的事，她笑了，心想：葉十三還是沉不住氣了，自己拉不下臉，所以讓畢京出面充當說客。

不料畢京並非是來當說客的，竟然勸她和葉十三分手，她才意識到事情的嚴重性，難道說，她真的讓葉十三如此痛苦，以至於他寧願和她分手也不願意再退讓半步？

伊童現在已經離不開葉十三了，葉十三的能力和眼光讓她傾慕，個人魅力更讓她癡迷，她深深地愛上葉十三而不能自拔。從小到大，她還從來沒有這麼認真地愛過一個人。

「我、我該怎麼辦？」伊童慌亂了，如果葉十三真的鐵了心要離開她，她知道以葉十三的脾氣，肯定不會回頭。

畢京不說話了，目光望向窗外。窗外依然是萬物凋零的冬天，但春節臨近，春天也近在咫尺了。一定要在春天的時候完成最後的佈局，推倒范衛衛、擺平伊童，幹掉商深，從此他的人生就會風和日麗，春光無限，再經過一個夏天的整合，到了秋天，他就會收穫累累碩果。

不僅僅是他，收穫者還包括葉十三。葉十三為人喜歡假裝，愛躲在幕後當指揮者，他便衝鋒在前，一馬當先充當前鋒。兩人的配合，總要有人主內有人主外。

「你倒是說話呀，畢京……」

伊童失去了耐心，伸手一推畢京的胳膊，由於過於激動，導致方向盤晃動，車子左右搖擺起來，惹得旁邊和後面的車輛一片抗議的喇叭聲。

畢京回到了現實中，搖搖頭：「恐怕沒辦法了。」

「怎麼會，辦法總比困難多。我哪裡做得不夠好，我改還不行嗎？」

伊童服軟了，服軟就意味著認輸，認輸就必須退步，她決定不再反對葉十三的任何決定。

「怕是你改不了，你適應不了時代的改變，也接受不了葉十三身分的轉變。」畢京加大心理攻勢，也是為了讓伊童做好心理準備，因為他要提出的條件會比伊童想像中艱難一百倍。

「我怎麼就適應不了時代的改變了？我和十三合辦的中文上網網站賣出了一點二億美元！」伊童對畢京的說法憤憤不平，「畢京，如果你誠心幫忙，就有一說一，如果你只想看我的笑話，那麼請便，老娘不奉陪了。」

畢京哈哈一笑：「伊童，你暴烈的脾氣不改，永遠找不到幸福，哪個男人會喜歡一個動不動就對他呼來喝去的女人？告訴你吧，十三辭職後，不想再從事互聯網行業了，他想進軍房地產。」

「房地產？」

伊童愣住了，仔細一想，葉十三隱約透露過他想打造一個房地產航空母艦的想法，她當時聽了只當是笑話，沒想到，葉十三居然是認真的。

「房地產行業投入過大，而且需要社會關係和人脈，和只靠創意和智慧取勝的互聯網行業完全不是一個模式，他想進軍房地產行業，跨度太大了，失敗的可能會是百分之百。再說，他連起始資金都不夠，就他分到的幾千萬，只夠買一處偏遠地方的一塊小地皮……」

伊童一口氣說了一大通，卻沒聽到畢京反駁，覺得哪裡不對，扭頭一見畢京一臉嘲諷的笑容，忽然明白了什麼：「啊，你是說，葉十三想接手伊家的家族生意？」

「他不想，我勸他最好這麼做。伊家畢竟只有你一個女兒，伊家的家族生意早晚也要由你繼承，你對房地產生意既不感興趣，又沒有經驗，等到你不得不接手家族生意時，難道你要聘請一個職業經理人來管理伊家偌大的產業？職業經理人哪裡有自己的老公可靠？」

畢京試圖說服伊童，「當然啦，如果你壓根就不想和葉十三結婚，剛才的話就當我沒說。」

「我一定會和他結婚的……」

伊童心思浮沉，被畢京的話攪亂了心緒，其實她不是沒有想過讓葉十三從現在開始就介入家族生意的可能，但出於對葉十三的戒心，以及對家族生意不感興趣，這只是她偶一為之的想法而已，並沒有打算付諸行動。或者說，從骨子裡她對葉十三還有提防之心，害怕葉十三有侵吞伊家家產的狼子野心。

但現在和以前不一樣了，以前的葉十三一無所有，是個徹頭徹尾的窮小子，現在的葉十三事業有成，有幾千萬的身家，怎麼說也算是高富帥了，不但地位和身分今非昔比，就是他現在轉身再找一個出身富貴之家的女孩，也並非難事。也就是說，不知不覺間，她和葉十三身分地位的對等慢慢發生了變化，雖然不是根本性的逆轉，但眼下的葉十三已經不需要再借助她的任何力量就可以展翅高飛了。

伊童緊咬牙關，漫無目的地順著車流朝前行進，心中不停地胡思亂想，想她和葉十三的種種，想葉十三的好和壞，想畢京的話到底是好心提議，還是葉十三假畢京之口向她提出要求，一時心亂如麻。

如果她真的很愛葉十三，並且真想和葉十三結婚，那麼葉十三辭職後接手家族生意也未嘗不可。但萬一葉十三並不是真心愛她，只是為了貪圖伊家的家產呢？

「前面路口放我下來。」畢京見好就收，不再繼續勸說下去，如此重大的決定，必須要伊童自己想通才行，他說得越多反而越有可能收到相反的效果，「我話就說這麼多了，怎麼辦你自己決定。」

伊童神思恍惚，機械地靠邊停車，等畢京下車好半天她才清醒過來，重新上路後，她戴上了藍牙耳機，撥通了葉十三的電話。

「十三，什麼時候回家過年？」

「明天。」

「我明天和你一起回去。」

「你不是說要留在北京陪父母嗎？」

「不了，我改變主意了，我要去見見你的爸媽。醜媳婦總要見公婆，如果兩位老人家認可我，再如果你不嫌棄我，我決定嫁給你了。」

「……」

葉十三沉默了半天，「若你不離不棄，我必生死相依。」

伊童的眼淚瞬間流了出來：「十三，我以後不會再任性了，春節後你就辭職吧，我支持你。辭職後，你想自己創業也好，想接手伊家的產業也好，我都沒意見。」

「謝謝……」葉十三強壓心中的激動，「老婆！」

一句「老婆」讓伊童整個人都融化了，癡癡地笑了。

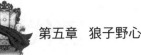

「大計將成！」畢京哈哈一笑，一抱葉十三的肩膀，「十三，飛黃騰達之日，別忘了在你前進的道路上，有我的一臂之力助你起飛。」

「忘不了。」葉十三坐在舒適而寬大的沙發上，微微一笑，他環視剛剛裝修一新的新房，一百三十多平米，三室兩廳的房子，裝修奢華，全套進口傢俱，一切都準備妥當，只要貼上一個大紅的喜字就可以迎娶伊童進門。

「畢京……」葉十三又想起了什麼，憂心忡忡，「你做的有些事情我理解，但不支持，現在收手還來得及。」

畢京搖搖頭：「做過的事情就不要後悔，我不會收手的，再說，現在收手也來不及了。」

「有些事情我本不該問，不過既然說到這裡了，我還是想問一問……」

葉十三努力避免問及核心問題，是不想自己陷進去，雖然他和畢京關係不錯，但畢京的所作所為還是不符合他的價值觀，「不會有什麼後遺症吧？」

畢京自信地笑了：「不會，我做事你還不放心嗎？人算不如天算，我也不知道一場大火會燒死了黃漢和寧二，連老天都幫我，我再不成功就是對不起老天爺了。」

二人心照不宣地相視一笑，一切盡在不言中。

商深一路跟蹤了伊童半天，雖然不知道畢京和伊童在車內說了些什麼，但畢京下車後，他沒再繼續跟著伊童，而是停在路邊等候。

果然沒過多久，又一輛汽車停在畢京身旁，正是葉十三的車。畢京上車後，汽車駛出了主道，朝右一拐，開進了一個新社區。

「十三剛在這個社區買了一套新房。」至此商深已經猜到畢京肯定和葉十三又在密謀什麼，搖頭嘆息一聲，「也不知道葉十三又在畢京的鼓動下，想要做什麼不好的事了。」

「懶得管他們的事，想怎麼折騰就怎麼折騰吧，隨便啦。」藍襪嘻嘻一笑，「商深，不說他們了，說說明天去你家，要開幾輛車？」

「明天我和涵薇之外，還有衛衛和你，四個人，一輛車就夠了。」商深不再多想畢京到底和葉十三又在密謀什麼，思路回到了眼前的問題上。

「不夠，一輛車怎麼夠？」藍襪神秘地一笑，「除了我們四個之外，還有徐一莫和毛小小也要去，六個人，最少也要兩輛車。但要我說，兩輛車不足以顯示商總功成名就、衣錦還鄉的氣勢，這樣好了，車隊的問題就交給我，我保證出色地完成任務。」

「不是吧，徐一莫和毛小小也去？她們不是說不去了嗎？她們也不用回家過年？」商深張大了嘴巴，頭也大了。

「她們就是一起過去看看，當天就回來了，不耽誤回家過年。怎麼了，你不歡迎？」藍襪不滿地質問商深，「這麼多美女一起出動為你捧場，你還為難，別身在福中不知福哦。」

「知福，知福。歡迎，歡迎。」商深被打敗了，他總不能說不希望徐一莫和毛小小到家中作客吧。

「這還差不多。」崔涵薇也笑了，「他要敢不讓去，我就不跟他回去了。」

商深摸了摸鼻子：「我怎麼嗅到了陰謀的味道？」

當晚，商深和家裡通過電話，說好明天回家，然後在崔涵薇的幫助下收拾行李。行李不多，只簡單地帶些必備的用品。

「這是什麼東西？」

商深意外發現了一個方方正正的盒子，盒子包裝很精美，上面還有絲帶裝飾。

「哎呀，一莫真粗心，怎麼放這裡了？」崔涵薇一臉慌張，一把搶過盒子，藏了起來，「不告訴你。」

「不告訴我，我也知道是什麼。」商深哈哈一笑。

「是什麼？」崔涵薇一臉緊張。

「不告訴你是什麼。」

「切！」崔涵薇推了商深一把，不料卻被商深一把抓住了。

商深就勢將崔涵薇抱在懷中，撫摸她的秀髮，柔情地說：「涵薇，春節過後，找個日子，我們結婚吧。」

「不玩了，就這麼走進圍城了？」崔涵薇在商深的胸口劃圈圈。

「玩？我什麼時候玩了？」商深冤枉地說。

「得了吧你，別以為我不知道，你心裡想著一莫，口袋裡裝著藍襪，然後還培養了一個備胎毛小小，反正在你觸手可及的地方，全是如花似玉的美女，想摘哪朵摘哪朵。」

「我是拓海九州的董事長兼CEO，不是花農，崔總請自重，再侮辱我的人格，我和你決裂。」商深一臉嚴肅，義正辭嚴。

「哈哈。」崔涵薇大笑，「心虛了吧？緊張了吧？我也沒有怪你什麼，當一個花農也挺好的啊，只要你能做到萬花叢中過，寸草不沾衣就行。」

「寸草不沾衣是聖人，我只是凡夫俗子。」商深嘿嘿一笑，將崔涵薇推倒在床上，直接就親在了她的嬌豔紅唇上，「今天晚上別走了？」

崔涵薇想要躲開商深的親吻卻不能，唔唔幾聲：「不行，我要回去，和爸媽說好了，晚上要一起吃飯，還要說事情。」

商深哪裡肯放過崔涵薇，伸手去脫她的衣服，卻被她的手死死抓住。

「不行，等結婚了再給你，現在不行。」崔涵薇堅定地搖頭，「商深，不要這樣好嗎？希望你能尊重我的原則，我想把最美好的一刻留在新婚之夜。」

商深的激情緩緩退去，仰面躺在床上，喘著粗氣。

「生氣了？」崔涵薇擰了擰商深的耳朵，「小氣鬼。」

「哪有？我是這麼心胸狹窄的人嗎？」商深捉住崔涵薇的手捧在手中，他和崔涵薇朝夕相處這麼久，如果想要推倒崔涵薇，機會太多了。

「我在想，中國的互聯網到底能走到哪一步，什麼時候才能真正地形成格局，不再是現在的混亂局面，現在是戰國七雄時代，硝煙四起，紛爭不斷，都在為了爭地盤搶市場而不斷交手。」

「就算形成了一家獨大或是幾家獨大的格局之後，還會有不間斷的交手，權威和帝國，都是被用來挑戰的目標。」崔涵薇是個聰明女孩，立時跟上了最愛的男人的思路。

「說得也是。」商深翻了個身，抱住崔涵薇，「雖然形成一家獨大或是幾家獨大的局面是許多人不願意見到的格局，但又必須要說，只有幾家互聯網公司做大做強之後，才有資格和全球的互聯網巨頭一較高下。希望拓海九州可以助馬化龍、馬朵和代俊偉一臂之力。在中國互聯網產業發展的這幾年來，基本上全是國外的資金投資中國的互聯網公司，國內的資本家都目光短淺，結果到現在為止，戰國七雄無一例外是在外資的資助下才得以發展壯大。再如果多幾輪融資的話，外資控股中國最大的互聯網公司，也不過是早晚的問題。」

「拓海九州如果可以改變這種局面，也算是為國為民做出了榜樣。」崔涵薇嘻嘻一笑，「現在我才知道，原來我家這位志向這麼遠大。」

「少拍馬屁。」商深笑笑，又神情凝重了幾分，「拓海九州只能盡最大努力改變一部分現狀，改變不了太多，畢竟外資先入為主了；而且說實話，我們的實力也有限。不過我們可以借助互聯網浪潮的繼續洶湧，一躍成為跨國集團公司。」

「互聯網的浪潮還能再洶湧幾年？」

「十幾二十年沒問題。」商深自信地說。

第二天一早，商深被電話鈴聲吵醒，睜眼一看已經天光大亮了，他從床上一躍而起，推開窗戶一看，差點沒驚呼出聲！

樓下一字排開停了四輛車，如果只是參差不齊的四輛汽車也沒什麼，不會引人注目，但四輛車清一色全是路虎，而且是和商深的路虎一模一樣的車型，如此一來就氣勢驚人了。

不會吧，弄這麼大的聲勢幹什麼，像他這樣低調的人，從來不需要這麼拉風的車隊，商深搖搖頭，趕緊洗漱一番下樓。

商深一到樓下，崔涵薇、范衛衛、徐一莫、藍襪和毛小小都圍了過來。

「來，交錢，願賭服輸。」徐一莫伸出右手，嘻嘻一笑。

「交什麼錢？」商深一頭霧水。

「我們打賭你會穿西裝打領帶，徐一莫說你肯定會隨便穿，結果還真讓她說中了。真是的，商深，你回家也不打扮得像樣一點，穿個大棉襖，哪裡像什麼成功人士？」藍襪很是不滿地打了商深一拳。

「這麼冷的天，穿西裝打領帶，我非得凍壞腦袋不可。行了，別鬧了，趕緊出發。誰弄了四輛車，這麼興師動眾，等下看你們怎麼坐車。」北京距離商深老家三四百公里，得開五六個小時。

最後經過一番協商，最後崔涵薇坐了商深的車，徐一莫和毛小小一車，藍襪自己一車，范衛衛也是自己一車。

四輛路虎浩浩蕩蕩出京，直奔商深老家而去。

「誰的車？」商深開到高速公路之後，才想起問車的問題，「不是你幹的好事吧？」

「當然不是我了，我才沒那麼無聊，是藍襪找的車。」

崔涵薇回頭看了眼身後的車隊，說：「她也是一番好意，想為你壯壯聲勢，你要體諒她的良苦用心。對了，她還為你準備了一套西裝，等下換上。」

商深十分不解：「幹嘛非要換西裝？這大冷的天，非要凍死我不可？」

「讓你換上就換上，怎麼這麼多廢話？」崔涵薇白了商深一眼，「反正又不會害你。」

「真是的。」商深無奈地說，「我總覺得被你們算計了，帶你們回家，是一個巨大的陰謀。」

「陰謀論患者除了有強迫症之外，還伴隨有被迫害妄想的症狀，建議服藥治療。」

「什麼藥？」

「安定片。」

商深無語了，索性打開音樂，聽聽音樂，舒緩一下情緒。不多時崔涵薇就睡著了。

商深專注地開車，路虎的避震功能很不錯，隔音效果也不錯，畢竟是百萬級的豪車，開起來十分順手，又具備轎車的舒適性。

中途在服務區休息。

「剛才好像是伊童的車過去……」

剛在服務區停下，范衛衛眼尖，注意到一輛車在高速公路上疾駛而過，天藍色的寶馬就如一條流光，瞬間消失在遠處。

「伊童也和葉十三一起回家過年，」商深笑笑，「看來葉十三的好事也近了。」

「你的好事也近了。」范衛衛見崔涵薇幾人都去了洗手間，悄聲說道：「你不知道她們這次這麼興師動眾地陪你回家，是要算計你。」

「算計我什麼？」商深撓了撓頭。

「不能告訴你，我答應她們要保密了。」范衛衛嫣然一笑，「我現在和她們是統一戰線，你是我們集體捉弄的對象。」

「這不好吧？」商深想要弄清事情緣由，攻破范衛衛是最佳選擇，「衛衛，我們以前的關係多好，你不能這樣對我。」

「別提以前的事，都過去了，我好不容易放下了，你想讓我再回到過去？」范衛衛俏皮地說：「為了放下你，我努力了整整兩年。」

商深心情忽然有幾分沉重：「讓你受委屈了，衛衛。希望以後在事業上，我可以盡力補償你一些。」

「說這些就見外了，從我撕掉欠條時起，我們就互不相欠了。」

「不對，你們其實還欠著對方。」

不知何時，崔涵薇出現在范衛衛的身後。

「若無相欠，怎會遇見？既然遇見了，肯定還有相欠。不管欠的是什麼，在一起就是緣，好好珍惜就好。」

「你不怕我和商深舊情復燃？」范衛衛挑釁地說。

「不怕。」崔涵薇鎮靜自若，「他身邊美女如雲，有你，有藍襪，有一莫，還有小毛毛，除了你們之外，他以後認識的美女肯定也會數不勝數，我如果總是擔心他被人勾引走的話，我就不要活了。與其防範，不如疏導。男人是看不住的，但男人卻可以留得住。」

「哇，至理明言，我得趕緊記下。」徐一莫在一旁聽了，說到做到，還真拿出一個小本子記了下來，惹得眾人哈哈大笑。

不笑還好，一笑引起了幾名不良少年的注意。

如果商深身邊只有崔涵薇一人也就算了，崔涵薇再漂亮，畢竟獨木不成林。但商深身邊偏偏有五個美女，成了一片無比亮眼的風景。

幾個見色起意的不良少年吹了聲口哨，圍了過來。一共四個人，分別叫哦呢陳、付先鋒、古良辰和滕見沉。四個人家境都不錯，算是富二代，當然，只是一般的富二代，離超級富二代還有相當遠的距離。

「嘿，哥們，你身邊美女太多了，借咱們四個怎麼樣？你看你留一個，還有四個，正好我們哥幾個還沒女朋友，一人一個，多公平。」

哦呢陳是四個人的頭兒，他來到商深面前，趾高氣揚地昂起了下巴，「哥幾個不會虧待她們，哥有的是錢。」

開口說自己有錢的人多半沒多少錢，商深笑說：「借你們四個美女也沒問題，問題是，怕你們養不起。」

「養不起？」哦呢陳和付先鋒幾人對視一眼，哈哈大笑，「新鮮，我還是頭一次聽說我養不起女朋友的笑話，你知道我是誰嗎？我是哦呢陳，是陳氏服裝廠廠長的兒子。」

「哧！」徐一莫實在忍不住笑了出來，這年頭，什麼人都覺得自己了不起，一個服裝廠老闆的兒子就尾巴翹上天了，真是沒見過世面的土鱉。她向前一步，「原來是廠長公子，失敬。陳氏服裝廠年產值有多少？利潤有多少？你開什麼車？」

哦呢陳沒聽出徐一莫的嘲諷之意，還以為徐一莫看上了他，哈哈一笑：「陳氏服裝廠是寧有縣數一數二的大廠，年產值三百萬，淨利一百萬。我開什麼車？說出來嚇死你，我開皇冠。」

在縣裡，皇冠也算是好車了，舒適，安靜，但由於避震太弱的緣故，坐車跟坐船一樣。

「皇冠？開個皇冠就有錢了，那戴上皇冠就是皇上了？」徐一莫呵呵一笑，伸手一拉商深，「走了商哥哥，懶得和他們囉嗦，耽誤時間。」

「不許走！」哦呢陳才知道徐一莫耍他，怒了，「想走，沒那麼容易，除非……」

「除非什麼？」商深向前一步，氣勢凌人，「想打架還是想怎麼著？」也別說，商深別看單獨一人，迸發氣勢出來，也是咄咄逼人，讓哦呢陳為之膽怯。

「打架……我們四個打你一個，太欺負你了。這樣吧，你如果能拿出我養不起她的理由，我就放你們走。」

哦呢陳色厲內荏，想以鬥富論英雄，他不信以他的身家還養不起一個小小的徐一莫。

第六章

衣錦還鄉

「是嗎？」崔涵薇嫣然一笑，

「難道你不喜歡大排場？不喜歡衣錦還鄉？」

「我是一個低調的人，我喜歡躲在幕後成功地策劃許多重大事件。」

商深呵呵一笑，「真正胸懷天下者，處處是家鄉，那麼就時時是衣錦還鄉。」

「你說的，別後悔！」

徐一莫嘻嘻一笑，拿出了路虎車的鑰匙，晃了晃，打開了路虎的車門，坐了上去，「我開車只開路虎，住房只住別墅，戴錶只戴百達斐麗，一年的零用錢在三百萬以上……」

然後，在哦呢陳等人目瞪口呆的震驚中，商深幾人紛紛拿出鑰匙，上了各自的路虎車。六個人，四輛路虎浩浩蕩蕩地揚長而去，直驚得哦呢陳四人找不到東西南北。

乖乖，六個人四輛車就已經夠氣勢了，竟然還是四輛路虎，哦呢陳何曾見過如此場景，下巴都快嚇掉了。怪不得剛才商深說他養不起剛才的美女，還真是養不起。

「真丟人。」付先鋒恨恨地說：「敢情剛才他們一直當我們是土鱉在耍。」

古良辰心有不甘：「媽的，有錢就了不起呀，剛才太窩囊了。」

「就是啊，陳哥，等下我們追上去收拾他們一頓，怎麼樣？」滕見沉也覺得咽不下這口惡氣。

「算了，他們的車好，我們追不上。」哦呢陳有幾分洩氣。

「不要緊，幾天後他們還會原路返回。」

正當幾人議論紛紛時，身後突然響起一個陌生的聲音。

幾人回頭一看，是一個其貌不揚、個子不高的男人，他雖然長得一般，卻開了輛寶馬。

「你是誰？」哦呢陳一愣。

「我是誰並不重要，重要的是，我能幫你們。」畢京向前一步，拿出一盒菸，一人分了一根，「我們做個交易怎麼樣？幾天後，他們幾個人回來的時候，還會路過這裡，到時你們幫我綁了其中的一個女孩，我會給你們一大筆好處。」

「什麼好處？」哦呢陳嘿嘿一笑，一臉期待。

「我只要其中的一個女孩，剩下的幾個，你們隨便處置。事成後，我再給你們每個人五十萬的好處。」

畢京決定實施他的計畫的第二步，在整個龐大的計畫中，葉十三侵吞伊家家產的計畫和他推倒范衛衛的計畫並不衝突，同步進行最好。

五十萬？幾人的眼睛頓時亮了，能出氣又能賺錢，還能分到美女，這麼好的事再不幹就是傻子了，哦呢陳只思索了三秒鐘就有了決定：

「幹！」

「好。」

畢京欣慰地笑了，真是踏破鐵鞋無覓處，得來全不費功夫，這麼容易就找到了替罪羔羊，事成之後，他又可以全身而退，輕輕鬆鬆地置身事外了。

不但商深不知道他回家的途中有畢京在背後跟蹤，就連葉十三也不知道畢京背著他，還暗中佈置了另一齣大戲，他開車和伊童一起回家，心情既激動又興奮。

激動的是，畢京果然有一套，一出面就說服了伊童，伊童不但不再反對他辭職，還贊成他辭職後進入伊家的家族企業，並且逐步接管伊家家族生意，當然前提條件是，他必須和她結婚。

結婚自然是肯定的，他也覺得應該娶伊童，和伊童的感情穩定下來，雖然他心裡還是念念不忘崔涵薇，但他對待感情問題遠不如畢京一樣狂熱，而是更多地服從理性的判斷和現實。

興奮的是，此次回家，他就要向父母稟報他和伊童的婚事。父母肯定不會反對，不出意外，他和伊童年後就結婚，反正新房已經準備就緒，只等新人入住了。

更讓葉十三開心的是，伊家認可他之後，立刻送了他一份大禮——伊家和老家縣裡的一名副縣長陳海峰關係不錯。陳海峰春節期間沒有回家，聽說葉十三要回家，特意到鎮上等候葉十三。

作為主管招商引資的副縣長，陳海峰如此舉動，既可以賣伊家一個面子，也可以討好伊童和葉十三，說不定還可以為縣裡拉來投資。

葉十三自然知道副縣長看的是伊童面子，但他算是伊家的人，身分自然水漲船高。除了經濟實力提升了之外，還有了政治待遇上的提高，算起來他應該是馬頭鎮第一人了，商深雖然比他身家更高，卻沒有什麼政治借力，等於又輸了一局。

到達縣裡時，剛過中午，葉十三和伊童一路狂奔，連飯也沒有顧上吃，本想到縣城隨口吃一點再回鎮上，才到縣城就接到家裡來電，說陳副縣長已經到家裡恭候多時了。

長這麼大，葉十三還沒有見過鎮長以上的大官，雖然他在互聯網行業內也算是大名鼎鼎的一個人物，但和政界確實沒有什麼來往，副縣長陳海峰如此禮遇，倒讓他受寵若驚，忙不迭和伊童趕到了鎮上。

和葉十三的熱切相比，伊童就鎮靜多了，她在北京長大，隨便一個街道辦主任就是副縣級了，才不會對一個副縣長有多大興趣，何況陳海峰還是借助了伊家的力量，才得以在一個小縣當上一個副縣長。在百姓眼中的大官，在她眼中，普通得就如伊家一個中層管理人員一般無二。

伊童不以為然，但對馬頭鎮的百姓來說，副縣長就太有殺傷力了。副縣長光臨，立刻引發了無數人的圍觀，包括豁二爺和胖二娘在內的閒散人員和好事者，頓時圍得水泄不通，就連平常深居簡出的老光棍張華也被驚動了，瞪著一雙迷糊的眼睛，也想湊個熱鬧。

葉十三牽著伊童的手，帶著勝利的喜悅和滿心歡喜，一步邁進了家門。

正當葉十三和伊童和家人寒暄、和陳海峰客套時，商深一行人也來到了鎮上。

遠遠地看到鎮口的公路擠滿了人群，排滿了汽車，商深對崔涵薇笑說：「我覺得我已經夠興師動眾了，沒想到葉十三比我排場還大，真有他的。」

「是嗎？」崔涵薇嫣然一笑，一攏頭髮，「難道你不喜歡大排場？不喜歡衣錦還鄉，反而喜歡錦衣夜行？」

「我是一個低調的人，我喜歡躲在幕後成功地策劃許多重大事件，而人家不知道我是誰。」商深呵呵一笑，放慢車速，「衣錦還鄉不過是局限於一地，真正胸懷天下者，處處是家鄉，那麼就時時是衣錦還鄉。」

「說得好。」崔涵薇為商深鼓掌叫好，「既然你說處處是家鄉，那麼家鄉就更是家鄉了，如果我讓你現在就衣錦還鄉，你不會不高興吧？」

「四輛路虎衣錦還鄉？」商深此時才明白崔涵薇為什麼要四輛路虎同行，原來是為了讓他衣錦還鄉。

「四輛路虎，五名美女，香車美女，不是你們男人最大的夢想嗎？」崔涵薇燦然一笑。

「香車美女固然是好，但如果有權貴相隨，就更是錦上添花了。」商深故意有此一說，不過是一句玩笑，「男人在世，兩大夢想，醒掌天下權，醉臥美人膝。」

「我是你的阿拉丁神燈……」崔涵薇嘻嘻地笑了，笑得很開心很神秘。

「什麼意思？你是燈中的魔鬼，能幫我完成夢想？」商深感覺到陰謀的逼近，「說，你們到底有什麼陰謀？」

「走下去就知道了。」崔涵薇朝前一指，「走，前方有驚喜在等著你。」

「你別騙我，我讀書少。」商深撓頭笑了，又朝前開了一會兒，突然一腳踩停了汽車，因為前方幾十米開外，有一個大紅條幅，條幅上面赫然寫著一行字。

「熱烈歡迎互聯網風雲人物、拓海九州董事長商深先生衣錦還鄉！」

不是吧？這是什麼情況？誰打的條幅？誰的惡作劇？商深瞪大了眼睛，不敢相信眼前的一幕。

車剛停穩，就有幾個人蜂擁而上，商深迷迷糊糊下了車，在一個戴著眼鏡，二十多歲出頭，一個秘書形象打扮的小夥子的帶領下，來到一個年約四十開外的中年人面前。中年人滿面紅光，穿著打扮中規中矩，黑褲子黑皮鞋，當前一站，很有幾分官威。

「商深先生，我是王書記的秘書向文，這位是書記王肖敏。」

向文向商深熱情地介紹了王肖敏，「久聞商先生是互聯網的傑出人物，王書記得知商先生回家過年，特意從市裡趕來和商先生見上一面。」

商深更是迷糊了，就算他在北京混得風生水起，也犯不著驚動父母官來親自看望，而且還專程從市裡趕來，他自認他的面子沒這麼大。

當然了，如果他決定向縣裡投資一千萬元的話，王肖敏急急趕來也可以理解，可問題是，他沒有投資的打算，再者，他又不是什麼達官貴人，王肖敏如此隆重迎接，是為何意？

再一想，就想明白了什麼，商深不滿地瞪了崔涵薇一眼。

崔涵薇俏皮一笑，背著手惦著腳，既不承認也不否認，輕輕一推商深：「別愣著了，既然王書記來都來了，趕緊請王書記到家裡坐坐。」

商深向前一步，接過王肖敏伸來的手，態度恭敬從容：「王書記好。回家過年的小事，也驚動父母官大駕光臨，實在讓我過意不去，而且我也沒有為家鄉做過什麼貢獻，無顏見江東父老呀。」

王肖敏爽朗地一笑，「商總年輕有為，是縣裡的驕傲，我已經讓縣誌記載商總的事蹟，留給後人一座豐碑。我身為父母官，早該看望商總，可惜一直公務繁忙，脫不開身，說起來也是我的失職。」

商深和官場中人接觸不多，一直以為官場中人都是打官腔高高在上的官僚，沒想到王肖敏不但平易近人，還頗有豪放之風，不由為之驚喜。

「哈哈，王書記過獎了，我不過做出了一點點的成績，不值得一提。孔縣有現在的氣象，全是因為王書記治理有方。不為良醫必為良相，為官一任造福一方，在孔縣的歷史上，王書記必然會留下最濃重最光彩的一筆。」

「哈哈，商總真會說話。」

王肖敏為官清正，不貪不拿，所求的無非一個名聲，商深一句話說中了他的癢處，不由對商深大生好感。

原本王肖敏並沒有安排和商深見面一事，臨時接到通知時，他還有幾分不情願。雖然北京來電之人對他來說無比重要，他不得不聽，但他還是覺得以他的身分親自迎接商深一行，過於隆重並且高抬商深了。

王肖敏只當商深是一個普通的企業家，事業略有小成，因為商深的拓海九州控股投資公司並無實體經營，思路還停留在實業階段的他就對商深的實力有所看輕，覺得商深的拓海九州和隨處可見的皮包公司沒什麼區別，多半是個空殼子。但北京方面的要求他又只能服從，只好很不情願地從市裡特意趕回孔縣，只為迎接商深一行。還好商深和崔涵薇同行，讓崔涵薇崔大小姐見到他，再在崔家老爺子面前美言幾句，他的前途就有了。

抱著不得不來的態度，王肖敏下車等候之時，商深一行還沒有趕到，他百般無聊時就讓秘書向文準備一下商深的詳細資料，反正閒著也是閒著，隨便看上幾眼，也好見面後有話可說，省得到時尷尬。

不料一看之下，他驚得險些跳起來，什麼，商深居然大來有頭，創辦一家公司，兩年時間不到就賣出了一點五億美元，天，孔縣一年的國民生產總值也沒有一億，商深富可敵縣！

再接著向下看，王肖敏一拍大腿：「孔縣有這樣一個人物，我以前怎麼不知道？回頭把宣傳部的人叫來，我好好罵他們一頓，真是天大的失職！」

王肖敏越往下看越是心驚，等他看到商深和三大門戶網站以及國內所有稍有名氣的互聯網公司都有密切的合作關係時，再也忍不住說：

「我還覺得我來迎接商深是委屈了，現在才知道和商深比，我什麼都不是。如果說互聯網也有階級之分的話，商深的影響力已經是省級領導了。」

「王書記，」見王肖敏高興，熟知王肖敏脾氣的向文趁機錦上添花，「在互聯網的圈子裡，不以省市縣的級別劃分影響力……」

「哦？」王肖敏一瞪眼，「怎麼說？」

「是按帝王和諸侯的級別劃分，商深已經是諸侯級別了，還是最大最有實力的諸侯，再前進一步，就是帝王了。等商深什麼時候成為帝王級別，到時就算是省長想見他也得預約。書記現在迎接的是一方諸侯，早晚也會和商深一樣，成為政治上的一方諸侯。」

「亂說。」王肖敏聽了心花怒放，卻假裝生氣，「互聯網圈子裡亂論帝王和諸侯沒事，官場上可不能過界。」

向文的話雖然只是奉承之言，但還真讓他說中了，在互聯網的格局塵埃落定，形成三大帝王七大諸侯之後，三大帝王的財富自不用說，一年的產值完全可以和不少國家相提並論，用富可敵國形容一點兒也不為過。不說三大帝王的掌門人一舉一動牽動無數渴望招商引資的省市領導之心，就連七大諸侯的ＣＥＯ想要投資一個項目，也會引起各大省市的爭搶。

畢竟動輒幾十億的項目不管對哪個省市來說都是了不起的大項目，可以解決無數人的就業，並且帶來ＧＤＰ的增長，所以三大帝王和七大諸侯都是各省市主要領導的座上賓。

向來政治問題經濟先行，在一切以經濟發展為主要目標的時期，投資就是第一生產力。再以後，互聯網三大帝王可以直接和最高領導人直接對話，一般省市領導想要見上他們一面也不得其門而入。

三大帝王和七大諸侯尚且有如此待遇，更不用提參股了無數家互聯網公司，有互聯網商業化幕後推手和教父之稱的商深了。

當然，作為幕後人物，一般人不知道商深在互聯網業界恐怖的影響力和關係網，很少有省市領導想要求見商深一面。

不過真正瞭解內情的省市領導，有高明者通過徐一莫的關係得以和商深見面。只見一次面就得到了一個二十億元投資的項目，而且二十億的項目後續投入以及拉動的相關產業高達兩百億的規模。商深的能力之大，由此可見一斑。

以王肖敏的眼光，不可能預測商深以後會有多驚人多恐怖的影響力，他只需要知道即使現在，商深也是一個非常了不起的人物就行了。因此，他由被動和不情願來迎接，立刻原地一百八十度逆轉，完全變成了積極主動並且十分樂意了。

見到商深之後，幾句話一過，王肖敏又被商深的沉穩、從容和謙遜折服，要知道現在的商深可說不折不扣的億萬富翁，他名下的財富相當於全縣人民一年的辛苦勞作，他卻平和低調，不顯山不露水，就如一個再普通不過的普通人。如此年輕就有如此氣度，以後的前途不可限量，王肖敏就決定說什麼也要結交商深，哪怕不是因為崔家的關係，只憑商深本人的優秀和品格，也值得他一交。

王肖敏此來，由於很匆忙，並沒有帶多少隨從，只帶了司機和秘書，也沒有通知縣委，主要是縣委也放假了，他更願意以私人身分來會會商深。

「走，王書記，天冷，到家裡喝茶。」

商深客氣地請王肖敏到家中一坐，雖然王肖敏是因為崔家的面子對他禮遇有加，他也要表示出應有的禮節。

「不麻煩吧？」王肖敏有意禮讓幾分，平常在他的轄區之內，他想去誰家，誰還不得趕緊掃地相迎。

「不麻煩，歡迎還來不及呢。」商深伸手相請。

「走，走。」王肖敏也伸手相請，還讓商深走在前面，直驚得向文目瞪口呆，除了對上級領導如此恭敬之外，書記什麼時候對一個才二十四五歲的年輕人這麼謙讓過？

向文在驚愕片刻之後，當即按下了快門，為王肖敏禮讓商深的形象拍了一張照片。不久後，照片發表在市報上，引起了不小的轟動，王肖敏因此被市委通報表揚。王肖敏也將向文正式納入自己人的圈子內，從此向文的人生邁上了快車道。

正在葉家圍觀的不明真相的群眾，正熱議葉十三和商深到底誰更厲害更有成就時，忽然聽到後面傳來了一聲誇張的驚呼：「王肖敏王書記來了！」

副縣長在鄉親眼中已經是高高在上的父母官了，書記更是高不可攀的大人物，許多人見都沒有見過，一聽說王書記親自來到馬頭鎮，人群立刻沸騰了。

「走，看書記去。」

「走了，快走，再晚一步就看不上了。衝呀。」

眾人呼朋喚友，一哄而散，瞬間葉家門口的圍觀群眾消失得一乾二淨。

正在家中和陳海峰聊得興起的葉十三，既幸福又滿足，陳海峰的大駕光臨讓他大感面上有光，自認終於可以再次壓商深一頭獲勝一局了，再看到父母佈滿皺紋的臉龐也是滿是自豪，他更是沾沾自喜了。

外面圍觀的鄉親的讚嘆聲不時傳入耳中，羨慕聲讓他無比陶醉，男人所追求的成功無非就是人前人後的風光，葉十三再也忍不住炫耀之意，對陳海峰說道：「陳縣長，孔縣出了兩個人物，一個是我，一個是商深。商深雖然在互聯網圈子裡比我名氣稍大一些，成績也突出一些，但人脈沒我廣，人緣也沒我好……」

「說得是，葉總在雅虎工作，算得上是孔縣最有名望的企業家了。」

陳海峰嘴上附和葉十三，心裡卻微有幾分焦躁，總覺得哪裡不對，彷彿外面出了什麼重大事情。他在官場多年，早已養成觀察入微的本事，外面吵鬧的聲音忽然小了許多。

不對，哪裡不對，陳海峰心思已經不在葉十三身上了，雖然他受伊家所託來看望葉十三，但他並不想和葉十三有過多交流，想坐坐就走。只是葉十三說個沒完，他又不好意思起身走人，只好勉為其難地應付。

正當他坐也不是，走也不是之時，忽然秘書的電話響了。接聽電話之後，秘書神色慌張地跑到外面，片刻之後又返回，俯身到陳海峰耳邊小聲說道：「陳縣長，王書記來了。」

陳海峰一驚之下站了起來：「什麼？真的假的？」

「已經到了商家了。」

「我馬上過去。」

陳海峰這一驚非同小可，官場之上規矩大過天，頂頭上司來，如果他不在還好說，他在的話不出去迎接，是為天大的失禮，他哪裡還顧得上葉十三，轉身就要走。

「葉總，不好意思，有突發情況，我得過去一下。」

「哎，陳縣長，吃過飯再走吧，什麼事情這麼急？」

葉十三想要挽留陳海峰，只有陳海峰在家裡吃飯，才更能顯示出他和陳縣長非同一般的密切關係。

「不吃了，下次再說。」陳海峰不知道王肖敏因為何事大駕光臨馬頭鎮，他得趕緊趕過去問個清楚，相比之下，葉十三哪還算什麼。

「陳縣長，賞臉吃個飯再走不行嗎？」伊童不高興了，陳海峰現在拔腿就走，是對伊家的不敬，她臉色一拉，「有什麼天大的事能大過和我們一起吃飯？」

這話就說得有幾分威脅的意味了，雖然伊家對他有過知遇之恩，但陳海峰尊重的是伊重而不是伊童，他打了個哈哈：

「人在官場，身不由己，伊總多體諒。王書記來了，我作為下屬，說什麼也得出面迎接一下，要不就是不懂規矩了。」

說話間，陳海峰起身走到屋外。

葉十三一臉疑惑，王肖敏怎麼來了？

他跟著陳海峰來到院中，才發現門口圍觀的鄉親一個也不見了，門前冷落鞍馬稀，繁華瞬間落盡，熱鬧轉眼冷清。怎麼了這是？

葉十三愣在當場，他有一種從雲端跌落塵埃的失落感，人呢？人都哪裡去了，不圍觀他，去圍觀誰了？

伊童也一下適應不了空無一人的冷清，驚呆地問：「怎麼都跑了？」

「都去商深家了。」陳海峰顧不上多說什麼，讓秘書趕緊帶他前往商家，「不好意思，我先走了，再見葉總，伊總。」

「商深？」伊童不解地看向葉十三，葉十三搖搖頭，也不說話，緊跟陳海峰身後朝商家走去。

不多時到了商家，門口圍得水泄不通，除了王肖敏的桑塔納之外，還並排有四輛全新的路虎。黑色的路虎停在路邊，就如四頭黑色的猛獸，散發逼人的氣息。

原本圍在葉家門口的鄉親，此時圍在商家門口，七嘴八舌說個不停。

「鬧了半天，還是商深面子大。葉十三請來副縣長，商深請來了王書記，書記比副縣長官大，商深又比葉十三有錢，到底還是商深才是馬頭鎮頭號人物，比葉十三又有權又有錢。」

「商深何止比葉十三錢多權大，他的女朋友還多，聽說帶了五個美女，個個漂亮，就算最差的一個，也比葉十三的女友漂亮。葉十三的女友長得太醜了，怪裡怪氣的，不像正經人家的女孩。」

「可別這麼說，他的女友是新潮，是時髦洋派，你們不懂。」

「時髦洋派誰不懂，風塵氣可是寫在臉上，明顯可以看得出來。不說了，不說了，都是鄉里鄉親的，不要在背後說十三的壞話了，他喜歡就行，反正我不喜歡。」

葉十三臉色鐵青，雙手握拳，只差一步就要朝那人的後腦來上一拳。還好伊童拉住了他。

伊童朝他搖搖頭，暗示他不要輕舉妄動，雖然伊童心中也是怒火中燒，猜到了事情的原委，應該是崔家動用了關係網，讓王肖敏出面來為商深捧場。不管崔家是不是事先知道伊家請動了陳海峰，總之此舉不但讓葉十三顏面大失，也讓伊家大敗一局。

「商深，你欺人太甚！」

葉十三心中在怒吼，他好不容易才提升起來的自信心和自豪感被王肖敏的出現打擊得體無完膚，他認為商深是有意為之，對商深恨之入骨。

「我一直當你是朋友，從來不會背後對你下手，你卻這樣對我，真陰險！」

正怒不可遏，想要衝進商家和商深說個清楚時，手機忽然響了，一看是畢京來電，葉十三的頭腦稍微冷靜了幾分，他拉過伊童，到僻靜的一角接聽了電話。

「十三，你什麼時候回京？」畢京的聲音帶有幾分興奮。

「初二，怎麼了？」

葉十三記得告訴畢京他回京的日期了，不明白畢京為何又有此一問。

「初一或是初三再回，別初二回，記得啊！」畢京想讓葉十三避開和商深同時回京的時間。

「你沒事吧？」葉十三正在氣頭上，不明白畢京為何突然有此要求，就沒好氣。

「我當然沒事啦，是為你好。反正你聽我的沒錯，就算非要初二回，也要避免和商深同時。」畢京相信葉十三應該能聽懂他的暗示。

葉十三瞬間明白了，若是平常，他肯定會勸畢京收手，不要再對商深背後下手了，但眼前的事情讓他盛怒之下覺得商深為人太過無恥，就不再堅持原則了。

「好，我儘量初一或初三回去。」

「怎麼了？」伊童聽明白了什麼，「畢京又要對商深出手了？」

「收拾了商深，再順手搶走范衛衛，一舉兩得的事，畢京才不會錯過。」

葉十三冷冷一笑，望著商家人頭攢動的門口，輕蔑地翹起嘴角，「商深也該收斂收斂了，太張狂了，就連老天也會看不過眼。」

第七章

愛情見證

「多少人曾愛慕你年輕時的容顏，可知誰願承受歲月無情的變遷？
多少人曾在你生命中來了又還，可知一生有你我都陪在你身邊……」
悄悄推門進來的徐一莫和藍襪淚雨紛飛，
她們親眼見證了商深和崔涵薇來之不易的愛情。

商深如果知道了葉十三對他的評價，一定會大呼冤枉，因為今天的事情他毫不知情，他壓根就不知道會有王肖敏的出現。

王肖敏作客商家，可是樂壞了商父商母，兩位老人受寵若驚之餘，又誠惶誠恐，從未見過如此大官的他們，唯恐有一個閃失而讓王書記不滿，站也不是坐也不是。

王肖敏見多識廣，知道二老擔心的是什麼，儘量用委婉的語氣和二老說話，憑藉他多年基層工作的經驗，很快就讓二老放鬆下來。

隨後，王肖敏在商家用過了晚飯，又陪商深說了一會兒話才告辭而去。

陳海峰一直陪同在左右，唯王肖敏馬首是瞻。等出了商家，陳海峰才長出了一口氣，心中還砰砰跳個不停。

在全面對比了商深和葉十三的成就之後他才發現，原來同為互聯網業界的精英，商深的格局比葉十三大了太多，完全不可同日而語。如果說葉十三只局限於一城一地的得失，那麼商深的視界已經放眼全域，著眼全國了。以陳海峰的識人之明，假以時日，他相信商深的成就必定遠在葉十三之上。

等送走了王肖敏和陳海峰，喧囂了半天的商家才算安靜下來。說是安靜，也只是相對而言，因為有徐一莫在，再加另外四個如花似玉的少女，商家完全成了歡笑的海洋。

商父和商母激動加興奮，暈乎乎似做夢一樣，如喝了半斤白酒差不多。崔涵薇之前他們見過一面，二老都對崔涵薇十分滿意，現在又見到活潑開朗的徐一莫、楚楚動人的毛小小、清麗脫俗又高貴大方的范衛衛，還有嫻靜如落花的藍襪，二老眼睛都不夠使了，還從來沒有一次見過這麼多漂亮的姑娘，而且個個美得跟仙女一樣。

晚上睡覺的問題成了麻煩，商家的房子雖然經過崔涵薇上次大動干戈的翻修，但房間還是不夠，除非商深和崔涵薇一個房間。商深不好意思當著爸媽的面和崔涵薇未婚同居，最後決定全體出動，去縣城的賓館入住。

四輛路虎同時出動，場面十分壯觀。別說在縣城是破天荒頭一次了，就是在北京，也極為罕見。鎮上的不少鄉親本來已經睡下了，聽到引擎發動的聲音，又都穿了衣服起床，特意觀看車隊同時出動的盛景。

對鎮上的鄉親來說，四輛路虎同時出現，就像是節日的慶典一般。

「這叫什麼車來著，我又忘了。」張華不認識車的品牌。

「路虎，馬路上的老虎。」豁二爺倒是記得挺清楚。

「沒聽說過什麼路虎，比奧迪還好？」胖二娘瞪著一雙大眼。

「奧迪？光名字一聽就不如路虎霸氣。」豁二爺露出豁牙，嘿嘿一笑，「商小子的路虎，兩百多萬一輛呢。」

「兩百多萬一輛，我的乖乖。四輛車不就是一千萬了？我的個媽呀，咱全鎮一年能有一千萬的收入嗎？」

「行了，洗洗睡吧，別想那麼多了，一頭羊賣兩百塊，一輛車頂我一萬頭羊。我放了這麼多年羊，羊最多的時候還沒有超過一百頭呢。」張華打著哈欠往回走，「趕明兒去縣城賣一頭羊，買身好衣服，收拾收拾臉，騙個老婆回來是正經。人家商深都好幾個老婆好幾輛車了，我們連個老婆都混不上，白活了。」

「哈哈，人比人氣死人，你就不要比了，回家抱著羊睡覺去吧。」豁二爺大聲笑道。

「我還有羊抱，你連羊都沒有，只能抱自己的臭鞋。」張華反擊。

在笑聲中，馬頭鎮的鄉親結束了一天的熱鬧，陸續進入了夢鄉。

和幸福入睡的鄉親相比，商深就不太幸福了，開了一天車，接待半天縣委書記的他，到了縣城賓館之後，又睏又累，卻還不能睡下，因為徐一莫和藍襪還賴在他的房間不走。

「我要睡了。」商深下逐客令，「你們也累了，趕緊去睡吧，別賴在我房間不走了。」

徐一莫偏不走，她朝藍襪擠了擠眼睛，藍襪會意，拉出了商深的行李。

「幹嘛？」商深想要阻止藍襪。

「我好像有東西落你的箱子裡了，我得拿走。」藍襪眨眼笑了笑。

「別鬧。我的箱子裡怎麼會你的東西？」商深不想讓藍襪動他的箱子，不料藍襪比他手快，一把搶了過去，並且打開箱子。

藍襪從箱子裡拿出一個方方正正的盒子，笑道：「看，我就說有吧。」

「這是什麼東西？」

商深忽然想起了什麼，這不是出門的時候，崔涵薇向箱子裡放進來的盒子嗎，他立刻意識到陰謀逼近了，「你們到底要要什麼花樣？」

「你馬上就知道了。」

藍襪嘻嘻一笑，打開盒子，盒子裡是一顆璀璨奪目的鑽戒，她鄭重其事地拿在手中，舉過頭頂，「商深，你願意娶崔涵薇為妻嗎？」

「商深，你願意娶崔涵薇為妻嗎？」

徐一莫像變戲法一樣變出了一根蠟燭，順手熄滅了電燈，和藍襪並肩而立，一個舉著戒指，一個舉著蠟燭，浪漫而溫馨。

商深愣住了，雖然他早就嗅出了藍襪、徐一莫等人一路隨同前來的陰謀氣息，卻還是沒有想到原來她們在策劃一個求婚儀式。

等等，不對，應該是他向崔涵薇求婚才對，而不是崔涵薇由藍襪代表向他求婚。

「願意是願意，不過……」

商深感動之餘，神情有幾分凝重。

「不過什麼？」徐一莫威脅說：「你敢說出什麼不吉利或是掃興的話，我立馬吹了蠟燭，然後砸你腦袋上，你信不信？」

這是求婚嗎？這分明是逼婚吧！

商深撓頭一笑：「你們好像弄反了吧，應該是我向涵薇求婚才對，怎麼是她向我求婚了？好吧，退一萬步講，她要向我求婚也可以，為什麼要讓你們代勞？」

「因為……」徐一莫嘻嘻一笑，「因為我們實在看不下去了，你總不向薇薇求婚，薇薇又不好意思主動要求，我們就只好替她代勞了。」

好吧，商深從身上也拿出了一個戒指：「其實我也準備好了，但還沒有醞釀好情緒，就被你們搶先了。問題是，戒指是誰買的？」

「我！」

藍襪高高舉起右手，「是按照涵薇的喜好買的，也許不很稱你的意，不過不要緊，反正我是為了涵薇，才不會管你的情緒。」

商深看了眼藍襪手中的戒指，比他買的大多了，少說也得三萬塊起跳，真是大手筆，他當時一咬牙才買了個兩萬塊的。雖然他也算是億萬富翁了，但畢竟是窮人家出身，在花錢上面還是比不了真正的富二代出手大方。

「願意不願意，趕緊說！」徐一莫一推商深，「你只有一分鐘的時間考慮。」

商深趕緊舉雙手投降：「願意，一百個願意。想不願意都不行，刀都架脖子上了。」

「什麼？」

徐一莫怒了，還真拿出一把刀，架在商深的脖子上，「有本事你再說一遍？薇薇嫁你，你還委屈是吧？趕緊說你心甘情願要娶薇薇。」

「我一萬個心甘情願。」

商深欲哭無淚，長這麼大第一次被人刀架在脖子上，居然是為了求婚！

「拜託你趕緊把刀拿走，多嚇人。」

「瞧你的膽子。」徐一莫哈哈一笑，手起刀落，一刀砍在商深的脖子上。

「啊！」

商深驚恐萬分，以為他會被一刀砍得人頭落地，不料卻沒有什麼感覺，刀砍在脖子上後，軟軟的像是保麗龍做的。

「真笨，笨死算了。」徐一莫抽回刀，在自己的脖子上砍了幾下，「假的，道具刀！你還以為我拿真刀嚇唬你呀？別說薇薇不捨得，就是我和藍襪也不捨得呀。」

「你不捨得就不捨得吧，關我什麼事？」藍襪白了徐一莫一眼，笑道：「我們的任務完成了，不知道衛衛她們有沒有完成任務？」

「啊？」商深嚇了一跳，原來陰謀還分主線和副線同時進行，「還有什麼節目？」

「等下你就知道了。」

徐一莫嘻嘻一笑，手機忽然響了，她看了一眼，調皮地說：「好了，走吧，現在帶商哥哥過去。」

「去哪裡？」

商深被徐一莫和藍襪一左一右駕著，出了房間，來到崔涵薇房間的門口，正要推門進去，門卻無人自開。

房門一開，房間裡黑洞洞一片，看不到裡面有沒有人，只覺得黝黑的門口就如猛獸的大嘴一般，裡面不知道隱藏著什麼驚人的秘密。

「別，別推我。」

商深遲疑了一下，還沒有決定是不是要進去，就被徐一莫一把推了進去，剛一進門，門就自動關上了。

黑漆漆的房門伸手不見五指，商深感覺陷入了無邊的黑暗之中，完全不知道除他之外房間中還有誰。直覺告訴他，房間中肯定還有別人，但人在哪裡，有幾個人，他一無所知。

「涵薇，你出來，我保證不處罰你。」

商深感覺到被深深捉弄的無力感，雙手揮舞地道：「給你三秒鐘，一、二……」

話未說完，忽然間，一朵微小的燈光亮起，就如無邊黑夜中升起的一顆啟明星，遙遠、漫長但又倔強的點亮。

光亮開始很弱小，就如螢火蟲，慢慢地擴大，變成了燭光，一朵，然後是兩朵，接下來是三朵，五朵，十五朵無數朵，就如漫天的繁星，點亮了整個夜空。

星光無限，在星光的映襯下，崔涵薇一身潔白的婚紗，如詩如幻，美若天仙，她身後站著范衛衛和毛小小，二人也同樣穿著潔白的婚紗，宛如童話中的公主，手捧蠟燭，頭戴花冠，緩步跟隨在崔涵薇的身後。

商深驚呆了，如果說一個仙女出現在他的面前，他還只是目瞪口呆的話，同時三個仙女現身，他只能大腦短路，不知道該如何應對眼前的局面了。

背景音樂突然響起，是一首鋼琴曲《夢中的婚禮》，在清澈如山間流水的樂曲中，崔涵薇緩步來到了商深面前，深情款款：

「商深，如果有一天我一無所有，只留下一顆愛你的心，你是否會依然愛我如故？如果有一天我終將老去，青春不再，韶華已逝，你是否還會留我在心底，憐我如昔？如果有一天我閉上雙眼，離開了這個世界，你是否會懷念我們在一起度過的一生？在夕陽下，一個人悵然若失，回憶起所有的往事，就如濃情歲月裡的香茶，縈繞於心，點點滴滴？」

一番深情的告白，配合夢幻般的氣氛和動人的音樂，營造出浪漫、溫馨而又無比甜蜜的氛圍，只不過由於崔涵薇的告白微有幾分傷感之故，讓人聽了有一種名將白頭、美人遲暮的傷懷，商深只覺得鼻子一酸，眼淚已然奪眶而出。

崔涵薇身後的范衛衛和毛小小早已泣不成聲，二人哭得梨花帶雨，如果不是為了配合演好全場，早就支持不住了。

對一個女人來說，事業再成功，地位再高，資產再多，也不如一個知心愛人來得珍貴。易求無價寶，難得有情郎，不管哪個女孩，都渴望轟轟烈烈的愛情。崔涵薇眼見和商深的愛情即將開花結果，一時感動，喜極而泣。

相對而言，范衛衛的心情就要複雜多了，她和商深曾經歷過刻骨銘心的愛情，如今她卻要相助崔涵薇和商深成就好事，雖然是心甘情願的，沒有人逼她這麼做，但真的面臨這一刻時，還是難免觸景傷情。

一首流行歌的歌詞唱道：「多少人曾愛慕你年輕時的容顏，可知誰願承受歲月無情的變遷？多少人曾在你生命中來了又還，可知一生有你我都陪在你身邊……」

范衛衛多希望最終陪伴在商深身邊的人是她，只不過命運捉弄，世事變遷，她和商深的過去早已成過眼雲煙，再也回不到從前了。

愛一個人，就是希望他能夠幸福，范衛衛任由眼淚肆意奔流，臉上流露出毅然決然的堅強，過去的就過去了，希望明天一切都好，雖然她不能和商深一起步入婚姻的殿堂，但至少她還可以和商深在一起合作事業，至少她還能和商深經常在一起，就……足夠了。

商深身後，悄悄推門進來的徐一莫和藍襪也淚雨紛飛，她們曾經親眼見證了商深和崔涵薇來之不易的愛情，兩人能走到今天，也算是經歷了不少磨難，修成正果，可喜可賀。

商深驚呆在當場，彷彿瞬間回到從前，回到了他和崔涵薇初識時的情景，怎麼也沒有想到，一次意外的衝突和崔涵薇不期而遇，促成了後來的合作，更造就了一樁姻緣。

見商深愣在當場，徐一莫不幹了，用力一推商深：「傻瓜，說話呀。」

她用力過猛了些，再加上商深完全沒有防範，朝前一撲，一下撲進崔涵薇的懷中。崔涵薇驚慌之下，伸手抱住了商深。

「我會，我一直會，我永遠會。」商深將崔涵薇抱在懷中，俯在她的耳邊竊竊私語，「涵薇，你願意嫁我為妻嗎？」

「我願意，我一直願意，我永遠願意。」

崔涵薇俯在商深的肩膀上，痛哭失聲。

她等今天等得太久了，雖然她一直在人前人後表現出應有的大度，其實在內心深處何嘗不想早些嫁給商深，將彼此的關係確定下來。畢竟商深太優秀，這年頭，優秀的男人是稀有動物，不時得擔心被別的女人搶走。

今天終於如願以償和商深修成正果，崔涵薇感覺就如跑完漫長的馬拉松比賽，有一種心力交瘁卻幸福充盈的感覺，她俯身在商深的懷中，幸福甜蜜和感動一起湧上心頭。

「謝謝，謝謝我的好姐妹們。」

崔涵薇知道她最應該感謝的人是徐一莫，也要感謝藍襪、范衛衛和毛小小為她策劃了此事。

「為了表達我內心最真誠的謝意，我要送你們每人一件禮物。」

「好呀，好呀，我最喜歡禮物了。」徐一莫臉上淚痕未乾，卻高興地跳了起來，「薇薇，要送我什麼呀？」

「送你一輛寶馬MINI，好不好？」

徐一莫嚇了一跳，「這麼貴重呀，我可不敢要。」

「不貴重，和商深比起來，一輛寶馬MINI算得了什麼。再問你一遍，要不要？」

「要，要，不要白不要。」徐一莫喜笑顏開，來到商深面前，「謝謝商哥哥不娶之恩。」

商深被徐一莫逗樂了：「鬧什麼鬧！」

「不是鬧，要是你娶了我，薇薇肯定不會送寶馬給我了，所以，你不娶我是對的，我賺到了。」

徐一莫臉上掛著笑，心裡卻是百般滋味。

「我呢，我呢？」藍襪跟著起鬨，「我是什麼禮物？」

「你呀。」崔涵薇想了想，「一個名牌包或是一塊百達斐麗的手錶？」

「要是我兩個都想要呢？」藍襪貪心地問。

「好吧，看在你沒有和我爭商深的份上，都送你。」

「太好了。」藍襪也效仿徐一莫來到商深面前，朝商深鞠躬，「多謝商總不娶之恩。」

商深撓頭，這都什麼跟什麼呀?!

「衛衛的禮物是……先保密。」崔涵薇嫣然一笑，「等她結婚的時候再送她好了。」

「不，我現在就要。」范衛衛幽幽地看了商深一眼，又看向崔涵薇，「我結婚還很遙遠，我不求天長地久，只求曾經擁有。」

「你想要什麼？」崔涵薇笑問。

「想要……」

范衛衛一時犯愁了，她什麼都不缺，只缺一個心上人，但又不可能開口向崔涵薇要一個男朋友。

「想不出來，你幫我想想。」

「送衛衛一支手機吧。」

商深想起范衛衛曾經送他一支手機的事，雖然范衛衛送的手機已經不在了，卻是他心中永遠的記憶。

范衛衛瞬間秒懂商深的心思，眼淚險些不爭氣地掉下來，她用力點頭：「好，好，就要手機，款式讓商深挑。」

崔涵薇也知道商深曾經很長一段時間一直在用范衛衛送他的手機，有些事情也該了結了，她點頭說道：「好的，經董事會研究決定，由董事長商深負責採辦范衛衛手機事宜。」

「我也有禮物嗎？」毛小小怯生生地問。

「有，當然有。」崔涵薇早就有了主意，「也送你一輛寶馬MINI好了，喜歡嗎？」

「嗯！」毛小小用力點頭，一把抱住徐一莫，「太好了，一莫，我也開上寶馬了。」

商深暗暗感嘆，崔涵薇送禮其實暗含深意，她的大手筆看似花費不菲，但說起來，在場眾人都是拓海九州的股東，除了徐一莫和毛小小之外，范衛衛、藍襪都是大股東，二人都有車，所以她要送徐一莫和毛小小汽車。

有了車，徐一莫和毛小小可以更方便地開展工作，而范衛衛和藍襪的禮物，花錢不多卻又鞏固了友情，總的來說，今天的好戲，不但成就了他和崔涵薇的好事，也加深彼此間的友情。一舉數得！各得其所。

商深在家中住了三天，三天來，崔涵薇和徐一莫、藍襪、范衛衛、毛小小幾個纏著商深，讓商深帶她們走遍他從小走過的每一個地方，孔縣到處都留下了她們的歡聲笑語。

初二，商深一行踏上了歸程。

本來徐一莫、范衛衛、毛小小說好只在商家停留一天就回京，結果一玩就樂不思蜀了，非要和商深一起回去。

初二一早，商深一行四輛路虎，告別父母之後，浩浩蕩蕩地離開了孔縣。商深的父母雖然對兒子依依不捨，卻也知道兒子有事業要忙，便沒強留商深。

商深一行速度不快，兩個小時後就趕到了寧有縣。寧有縣正位於兩地中間，車子下高速公路，進了休息站。

徐一莫不經意地說：「還記得上次我們遇到幾個小流氓的事嗎？你們說，我們會不會再遇上他們？」

「哪有這麼巧？」藍襪瞪了徐一莫一眼，「你是閒得沒事做是吧？居然還想遇到流氓，也不怕他們發起瘋來，真的綁了你。」

「切，借給他們幾個膽子他們都不敢。」徐一莫不以為然地笑笑說，伸了伸懶腰，感受著風中吹來的春天的氣息，她瞇著眼睛，手搭涼篷遙望遠方，遠方是一望無際的原野。

見徐一莫手搭涼篷的姿勢十分可愛，商深露出笑容，想起在德泉的時候，范衛衛也喜歡手搭涼篷，不過相比之下，范衛衛更可愛一些，而徐一莫的可愛中則多了幾分頑皮。

范衛衛……商深心中一跳，眼前只有徐一莫和藍襪、毛小小，怎麼不見了崔涵薇和范衛衛？

「涵薇和衛衛呢？」商深問道。

「去洗手間了。」徐一莫取笑道：「才分開幾分鐘就想啦？要不你去洗手間門口當保鏢，寸步不離地保護薇薇？」

商深揉揉鼻子：「我是想起上次遇到不長眼的小流氓的事，擔心萬一再遇到他們，他們對涵薇和衛衛不利的話，就麻煩了。」

「想哪裡去了，就算遇到他們也不怕，就憑我一手出神入化的功夫，一個打他們三個不成問題……」

徐一莫正要再吹噓幾句，忽然眼睛的餘光一掃，一輛皇冠汽車疾速駛出服務區，直奔高速公路而去，她愣了一下，頓時想起了什麼，大喊一聲：

「不好，出事了。」

商深也意識到了不對勁，一閃而過的皇冠明顯是上次遇到的那一輛，從皇冠飛奔而去的速度可以判定，對方肯定沒幹什麼好事，是想逃走，他立刻跳上了一輛路虎：

「我先去追，藍襪，你去洗手間查看一下涵薇和衛衛還在不在；一莫，你開路虎跟在我的後面，快，別讓他們跑了。」

徐一莫話不多說，敏捷的跳上路虎，跟在商深身後，迅速駛出了服務區。

藍襪還沒有明白過來發生了什麼，她和商深之間的默契遠不如商深和徐一莫，商深一個眼神一個動作，徐一莫就知道商深想要表達什麼。不過她知道肯定發生了什麼事，忙和毛小小去洗手間，果不其然，崔涵薇和范衛衛消失了。

「兩個挺漂亮的女孩，被四個小流氓帶走了。」一個好心的中年婦女告訴藍襪。

藍襪謝過好心的中年婦女，心急如焚，讓毛小小原地等候，她也跳上了路虎，追趕商深和徐一莫而去。

毛小小雖然也會開車，但技術一般，跟不上商深幾人風馳電掣的速度，再者，她也知道藍襪讓她原地等候的意思，萬一需要她居中接應，她還是留在服務區等候好一些。

這麼一想，毛小小拿出手機撥打崔涵薇的手機，通了，響了半天沒人接。她接著又打了范衛衛的手機，一樣關機。她不死心，再打崔涵薇的手機，也關機了。

真的是出事了，毛小小一顆心提了起來，要不要報警呢？她緊張得手心猛冒汗，那幾個小流氓到底是誰，竟敢這麼膽大包天，難道他們不知道綁架是重罪嗎？

正胡思亂想之時，忽然一輛寶馬汽車緩緩駛來，停在不遠處的加油站加油。

從車上下來一人，穿一身灰色的棉襖，戴著帽子，幾乎遮住整個腦袋，再加上圍巾和墨鏡，整個人就如同籠罩在陰影之中，讓人完全看不清他的長相。

啊，畢京！

儘管畢京捂得嚴嚴實實，毛小小還是一眼就認出了他，她頓時屏住了呼吸。畢京怎麼會在這裡？難道說，綁走崔涵薇和范衛衛的事情和他有關？一定是了，畢京一直苦戀范衛衛，在苦追不可得的情形之下，他鋌而走險，採取非法手段強行帶走范衛衛有足夠的作案動機。

毛小小有一個特別的過人之處，別看她膽小並且柔弱，但她記憶力驚人，過目不忘，正是因此，才一眼認出了故意遮掩以免被人認出的畢京。

不但如此，她還一眼識破了畢京的另一個偽裝——在畢京的風衣下面，腰上鼓鼓的東西很像手槍或是電棍一類的東西，反正不管是什麼，都是凶器。

怎麼辦？毛小小想給商深打電話，一想商深現在正在開車，肯定不方便接電話。

她一時不知所措，見畢京已經加完油，正緩緩駛出加油站，她情急之下也發動了汽車，正要跟上去時，又一輛皇冠不知道從哪裡冒了出來，停在了寶馬的旁邊。

皇冠上下來一人，來到寶馬車邊，俯身在寶馬車的窗戶上說了幾句什麼，然後對方回到車上，從車上拉下來一個人。

毛小小頓時睜大了眼睛，儘管這個人被包得十分嚴實，外面罩了一件大大的披肩，幾乎完全遮住了面孔，換了別人，絕認不出來究竟是誰。但毛小小心細眼尖，從對方的身材和露在外的一隻耳朵就得出了結論——是范衛衛！

難道剛才飛奔而去的皇冠是調虎離山之計，范衛衛並沒有在之前的皇冠車上，那麼崔涵薇呢？

毛小小越來越覺得事情比想像中複雜多了，畢京可能早就精心策劃了今天的這一齣，要的就是調走商深，他好從容地帶走范衛衛。

怎麼辦？毛小小再一次問自己。她生性膽小，不敢冒險，但是眼下的情形逼得她不得不冒險從事，如果坐視不理，范衛衛就有可能遭到畢京的毒手了。

范衛衛被帶到畢京的寶馬車上後，皇冠車先行離去，過了一會兒，畢京的寶馬也發動了，駛向通往對面服務區的專用通道。

通常情況下，專用通道只供服務區的人員通行，不讓外面車輛通過。但也許是過年的原因，居然無人看管，任由畢京的寶馬車開了過去。

怎麼辦？毛小小第三次問自己，眼見畢京的寶馬駛過通道，要看不到了。她一咬牙，拼了，人生總要有一次奮不顧身的舉動，跟上去！

她下定了決心，一腳油門踩下，遠遠地跟在畢京的後面，然後跟著畢京的寶馬朝來時的方向原路返回。

第八章

掃除四害

「東旭，你放我一馬，我記你一輩子大恩大德。」
古良辰這下知道怕了，「別忘了我和哦呢陳是什麼關係……」
「哦呢陳？」洪東旭冷笑一聲，「連他爹都保不住了，別說他了。
你們寧有四大禍害這一次要連根拔起了。」

商深的車速提到了時速一百五十公里，前面的皇冠還在拼命死抗，不肯認輸。以舒適為主的皇冠在高速公路上的速度遠不如歐系車，何況又是以越野見長的路虎。

商深緊緊咬住前方的皇冠，他知道前面的皇冠發現他了，乾脆加速，從時速一百公里一口氣加到了一百五十公里，擺出了誓不甘休的氣勢。

如果只拼速度，皇冠遠不是路虎的對手，但商深出於安全的考慮，擔心發生意外，畢竟車內坐著崔涵薇和范衛衛。

「商哥哥，怎麼辦？」對講機中傳來徐一莫的聲音，「藍襪也追上來了，在後面。」

商深拿起對講機，一瞬間腦中閃過了一個念頭，對方先是以狂奔引起自己的注意，然後又在高速公路上飆車引自己一路追趕，太明顯也太刻意了，似乎是在引自己上鉤。想通此節，他意識到不應該這麼被動地追趕下去。

「藍襪，呼叫藍襪。」

「收到，收到。」對講機中傳來藍襪的聲音，「怎麼辦？」

「你靠邊停車，注意觀察過往車輛，我懷疑中了對方的調虎離山之計，有可能涵薇和衛衛不在前面的車上。」

商深越想越覺得哪裡不對。

「好的，明白。」藍襪相信商深的判斷，立刻降低車速，靠邊停車。

「我呢，商哥哥？」徐一莫也在等商深的指揮。

「你先跟著我繼續走，不過注意，我要放慢速度了，你不要放慢，繼續全速前進。」商深心生一計。

「收到。」

商深隨即放慢車速，前面的皇冠並沒有絕塵而去，也降慢了速度，很明顯，對方在和自己玩遊戲。

好，就陪你玩，商深吩咐徐一莫：「一莫，超過去。」

徐一莫應了一聲，腳下一踩油門，路虎發出一聲壓抑的怒吼，瞬間超過了前面的皇冠。

皇冠明顯慌了一下，因為商深一行四輛路虎全部是新車不說，顏色還都一樣，並且沒有牌照，只從外觀無法區別。

皇冠遲疑了一下，稍微提高了速度，似乎想要追趕徐一莫，隨即又降低了速度，故意在商深前面左右搖晃，不想讓商深超車。

「要不要我給他們一點顏色瞧瞧？」

徐一莫超車之後，發現皇冠居然還想欺負路虎，被氣笑了。

「不用，你繼續朝前開，記住，和我的距離別超過對講機的通話範圍。」商深心中已經有了應對之策。

「好。」徐一莫雖然很想教訓一下後面的皇冠，但還是聽從了商深的安排。

「商深，呼叫商深。」

商深正準備好好收拾一番前面的皇冠時，對講機中又傳來藍襪的聲音。

「怎麼了？」商深回應。

「又一輛一模一樣的皇冠開過來了，怎麼辦？」

藍襪靠邊停車後，還在想商深怎麼讓她停了下來，難道後面還有追兵不成？正想不通商深的安排有何深意時，忽然從照後鏡中發現——又一輛皇冠出現在後方的視野中，不但和前面的那輛皇冠款式一樣，顏色相同，連車牌號碼也一樣。

在縣裡，套牌車很常見，很多人沒有守法的觀念，能對付就對付，套牌、非法拼裝、走私車等情況在縣裡比比皆是。但現在兩輛完全一樣的車在同一個地點時間出現，就說明了一個問題——套牌車的主人要麼認識，要麼是同一個人。

果然……商深心中更加相信自己的判斷了，對方採取調虎離山，顯然是一個精心設計的陷阱。

他當機立斷：「藍襪，你開車水準怎麼樣？」

「還行吧，自己在外面闖蕩，什麼生存技能都嫺熟了。」

「好，你要不惜一切代價攔下皇冠，至少不能讓對方超過你。」

「沒問題，大不了報廢一輛路虎，也要讓壞人付出慘痛的代價。」藍襪咬牙切齒說道。

「……」商深大汗，有錢也不能這麼囂張啊，當然，最主要還是人身安全，「注意安全！」

本來他還想再多說幾句，不想前面的皇冠不長眼，居然剎車了，商深下意識踩下剎車，車速迅速降低到時速五十公里。不料對方得寸進尺，還在繼續降低車速，顯然是想逼停他。

好，商深怒了，一打方向盤，擺出了從左側超車的姿態。

對方察覺到商深的意圖，也朝左變道。商深再朝右打方向，對方也朝右攔阻。來回數次之後，車速已經降到了二十公里以下。還好是過年期間，高速公路上車輛不多，否則非得引發嚴重的交通事故不可。

商深索性一腳剎停了車，剛一停下，對方的車也停下了，車門打開，從車上下來幾個流裡流氣的青年，留著三分頭，叼著菸，走路搖頭晃腦，一副玩世不恭的小流氓的標準形象。

對方一共四個人，人手一根棒球棒，呈包圍之勢朝商深的路虎圍了過來。

皇冠貼了很深的車窗膜，雖然商深看不清對方車內的情形，但他基本上可以斷定對方的車裡除了四個小流氓外，再無別人，也就是說，不管是崔涵薇還是范衛衛都不在車上。

商深在車內端坐不動，等對方來到距離汽車還有三米遠的地方，打開窗戶，突然扔出了一團東西。

東西迎風飄散，散落在方圓數米的地方，花花綠綠的顏色，立刻吸引了四名小流氓的注意力，其中有一人驚呼一聲：「錢！」

還真是錢，而且還都是十元的大鈔。在當時，十塊錢的確實是不折不扣的大鈔。

不良青年頓時見錢眼開，他們平時打砸搶的目的也是為了錢，現在錢就在眼前，彎腰就能撿到，不撿才是傻瓜，幾人哪裡顧得上多想，猛然撲了過去，狂撿地上的錢。

商深的嘴角閃過一絲冷笑，踩下油門，路虎發出一聲驚人的怒吼，猛然朝前一躍，「砰」的一聲巨響，狠狠地撞在了皇冠的後面。

以路虎堅硬的車頭撞皇冠的屁股，儘管是走私過來的日本原裝車，也駕不住路虎的奮力一撞，皇冠的後車箱頓時被撞得縮進去半米有餘，並且被朝前推進了數米開外。

正在撿錢的幾個小流氓嚇得渾身一哆嗦，手中的錢掉在地上，幾人才意識到上當了，大叫一聲就要衝過去攔住商深。

卻已經晚了。商深第一撞只將皇冠的後部撞爛，他要的不僅僅是震懾對方，他要的是徹底打殘對方。不等幾人過來，他再次加大油門，再一次撞在皇冠的側面。皇冠的側面被撞得凹了進去，估計門都無法打開了。

這還不算，商深也不停車，繼續頂著皇冠繼續狂奔。車速也迅速提升，皇冠被推著前進，輪胎和路面摩擦發出刺耳的響聲……

「站住！」

「你小子停車！」

「快他媽停車，再不停，老子弄死你！」

後面幾人大呼小叫，拼命追趕，卻怎麼也跑不過汽車，商深從後視鏡中望了一眼，嘿嘿一笑，人為財死鳥為食亡，還真是一點也不假。隨後，他臉色一寒，一打方向盤，皇冠發出一聲悲鳴，被路虎狠狠地擠壓在欄杆上。

商深發了狠，停了車，又倒退幾步，再一次向皇冠發動進攻。

一次，兩次，三次，終於在第四次的時候，在皇冠被撞得面目全非之時，轟隆一聲，欄杆不堪撞擊斷裂開來，皇冠也因為失去了支撐力而幾個翻滾之後，掉進了十幾米深的溝裡。

後面的幾個小流氓追了過來，拚命拍打商深的路虎。

「小子，有種你停車。」

「是男人就下來。」

「你下來！」

商深微微一笑，不理會幾人的暴怒，一點油門，車頭損傷嚴重的路虎就如一頭下山的猛虎，雖有傷卻不失矯健，如離弦之箭飛奔而去，只留下四個小流氓在原地頓足捶胸謾罵不已。

「商深，呼叫商深。」商深的對講機中傳來了藍襪的呼叫聲。

「我在。」

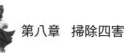

「我剛剛攔下了皇冠，涵薇在皇冠車上。」

「太好了。」商深長出了一口氣，一顆心總算落下了一半，「衛衛呢？你沒事吧？沒出什麼意外吧？」

「衛衛不在。」藍襪說道：「讓涵薇和你說話。」

「商深，我沒事。」對講機中傳來崔涵薇迫切的聲音，「他們一共三撥人，前面一撥，中間一撥，後面還有一撥，最後面的一撥應該是畢京親自開車，衛衛肯定和畢京在一起。」

「你沒事就好，藍襪沒事吧？」商深從剛才藍襪的口氣中，聽出藍襪似乎在刻意隱瞞什麼。

「她也沒事，不過車就有事了。」崔涵薇頓了頓，「等見面了再說，哎呀，畢京的車過去了，你們快攔住，一輛白色的寶馬。」

就在崔涵薇和商深說話的功夫，一輛寶馬以一百八十公里的時速電閃而過，只一閃就消失在視線內。

正是畢京的寶馬，雖然崔涵薇連牌照都沒有看清，卻依然可以認出就是畢京的車。

坐在遍體鱗傷的路虎車內，崔涵薇緊緊抓住藍襪的手：「你剛才不要命啦？嚇死我了。」

「不給他們一點厲害嘗嘗，他們不會老實。」藍襪回頭看了一眼撞得失去動力的皇冠，想起剛才驚心動魄的經歷，雖然也有幾分害怕，不過她並不後悔剛才的做法。

再往遠處一看，棄車而逃的哦呢陳和付先鋒的身影在田野裡如兩隻老鼠一樣渺小，她又笑了，「現在我總算是明白了一句話，橫的怕愣的，愣的怕不要命的，只要你拿出不要命的架勢，對方就怕了。」

和藍襪狹路相逢的皇冠才是正主，車上坐著哦呢陳和付先鋒……以及崔涵薇。畢京針對商深幾人的圍剿計畫整個曝光，有的負責調虎離山，有的負責押送崔涵薇，他自己則親自帶走范衛衛。

藍襪為了狙擊皇冠，先是在皇冠前面降低車速壓制皇冠，皇冠幾次想要超車不成之後，惱羞成怒，居然想撞藍襪。藍襪正巴不得對方來撞，她先是假裝怕被對方撞上，加速等對方也跟了上來之後，又突然降低速度。

幾次三番的較量後，雙方有過數次親密接觸，哦呢陳膽怯了，也清醒了過來，知道皇冠終究還是幹不過路虎，就想逃跑。

之前畢京十分肯定地告訴他，他儘管開車走人，不會有人攔了，因為前面的皇冠會完全引開商深等人，他可以從容地帶走崔涵薇。卻沒想到商深居然如此聰明，迅速做出了反擊的佈局。

哦呢陳一是被畢京高額的報酬迷昏了頭，二是被商深身邊的幾個美女刺激了荷爾蒙，再加上他智商本來不高，在縣裡為非作歹慣了，以為不管出多大的事情，只要他爹出面，就可以一手遮天。

以前他在縣裡沒少調戲過良家婦女，事發後恐嚇一下對方，並且塞上幾百塊錢就可以過關，所以他也認為不管怎樣都不會有事。

崔涵薇被哦呢陳和付先鋒帶走，既不大吵大鬧也不哭喊著求饒，而是十分冷靜地任由哦呢陳擺佈，她知道現在不宜激怒對方，相信商深正在佈局反擊。

出於對商深的絕對信任，崔涵薇靜靜等待時機的來臨。等藍襪的車出現後，她在車內也沒有閒著，拿出了隨身攜帶的瑞士小刀，劃傷了哦呢陳的胳膊。

哦呢陳本來就被藍襪逼得快要招架不住，又被劃破了胳膊，頓時手忙腳亂，就在他走神的同時，藍襪的車已經踩下了剎車。

崔涵薇一向有上車就繫安全帶的好習慣，但從來沒有安全意識的哦呢陳和付先鋒卻沒有繫安全帶，在皇冠猛烈追尾路虎之際，兩人的臉部和儀表盤都來了一次零距離的親密接觸，當即撞得兩人眼冒金星，如果不是車速已經降低下來，非撞得二人當場昏死不可。

饒是如此，二人也暫時失去了行動能力，歪倒在座位上。崔涵薇全然無事，乘機下車，還拔走了車鑰匙，順手扔到了溝裡。

藍襪還不解氣，倒車又撞在皇冠車上。這一撞倒是撞醒了哦呢陳和付先鋒，二人嚇得肝膽俱裂，沒想到就是搶個人的小事居然差點丟了命，哪裡還顧得上還手，當即從車上下來，抱頭鼠竄。

「他們一共四個人，車上只有兩個，還有另外兩個，一個叫古良辰，一個叫滕見沉，好像是古良辰和滕見沉去綁范衛衛了，你趕緊通知商深。」

崔涵薇得以脫身，雖然驚魂未定，仍不忘牽掛范衛衛的安危。

不料才和商深說了一句，就看到飛馳而過的畢京的寶馬，崔涵薇急忙通知商深。

「現在怎麼辦？」通知商深之後，崔涵薇愣了愣，「報警？」

「報警太慢了，我直接聯繫寧有縣公安局長。」藍襪眼中閃過一絲厲色，她很少動怒，但這一次卻是真生氣了，「不好好教訓教訓這一幫人，為民除害，我就白姓藍了。」

「我也打個電話。」崔涵薇點點頭，撥出了一個號碼，「吳總，我是崔涵薇，幫我查一下誰和寧有陳氏服裝廠有業務往來……有王總、李總，好的，我知道了，謝謝。」

隨後崔涵薇又打通了王總的電話：「王總，我希望你能中止和寧有陳氏服裝廠的合作，對，就是哦呢陳的工廠……可以，沒問題，謝謝。」

崔涵薇又接著和李總通話，對方和王總一樣十分爽快地答應了。

作為和崔家有數千萬生意來往的王總和李總，對崔涵薇提出和一家年產值才三百萬的小廠中止合作，他們根本不會多問是什麼原因，直接就同意了。

對他們來說，和崔家合作的機會非常珍貴，而如陳氏服裝廠一類的合作方太多了，中止一家陳氏，會有無數個其他陳氏主動找上門來。

「你從經濟上圍堵，我從政治上狙擊。」藍襪撥通寧有公安局長的電話，「金局長，我是藍襪，有一件事情想請你幫忙。」

「藍襪？」

寧有縣公安局長金不換正在辦公室開會，接到藍襪的電話，愣了一下，一時沒想到藍襪是誰，正要掛斷電話時，腦中猛然閃過一個人名，頓時驚得跳了起來。

「藍小姐，是您呀，什麼事，您吩咐。」

藍襪淡淡地一笑：「金叔，叫我小藍就行了。」

「不敢。」金不換汗都流出來了，想起藍襪身後那個人的權勢，他如果敢叫藍襪小藍，傳到那個人的耳中，他會立刻被打到十八層地獄裡，再也沒有翻身的可能。

「藍小姐，您有什麼指示？」

藍襪也懶得和金不換客氣了，就直截了當地說道：

「我路過寧有高速公路的時候，被幾個不法之徒撞了車不說，對方還想綁架我的朋友，嗯，北京的一個大戶人家的朋友……不法之徒的名字是哦呢陳、付先鋒、古良辰和滕見沉，我還聽說這四個人在寧有縣為非作歹好多年了，民怨沸騰，不知道是什麼原因，一直沒有落網，不知道是不是上頭有保護傘的原因……」

收起電話，金不換大汗淋漓，抬頭一看，下屬都目瞪口呆，不知道發生了什麼事。

他心中沒來由一陣煩躁，煩躁中還有夾雜著害怕和敬畏，猛然一拍桌子：「取消所有員警的休假，立刻歸隊，準備打一場攻堅戰。」又用手一指最得力的手下孫東勇：「東勇，你帶十幾個人，把哦呢陳、付先鋒、古良辰和滕見沉抓捕歸案。」

孫東勇一愣：「局長，要抓哦呢陳？騷豬怎麼辦？」

騷豬是哦呢陳的父親陳掃祝的外號。

「騷豬算個屁，都他娘的抓了！」

金不換心裡要有多緊張就有多緊張，媽的，哦呢陳為非作歹多年，一直沒有拿他，不就是看在騷豬的面子上嗎？結果倒好，哦呢陳偏偏惹了藍襪，他非要自己找死，就別拉他下水呀！

「是。」孫東勇察覺到不對，也不敢再多問什麼，立刻帶隊去抓人了。

寧有縣即將雞飛狗跳，迎來史上最大規模的嚴打活動，商深還不知道他和畢京的較量，引發的連鎖反應居然讓寧有縣多年的毒瘤被徹底肅清，也算是他無意之中為寧有百姓做了一件莫大的好事。

做好事從來不留名的商深，現在正和徐一莫一左一右一路狂奔，直追前面時速高達兩百公里的寶馬。

在接到崔涵薇的預警後，商深加速前進，和徐一莫會合之後，二人決定聯手攔截寶馬。

不料讓二人始料不及的是，寶馬車速太快，居然讓它更生生從右側超車給逃脫了。

商深當即大怒，一腳油門到底追趕上去。奈何和寶馬跑車相比，路虎直線加速還是稍差一籌，被寶馬拉下了足有兩公里。

好在寶馬開到時速兩百公里時，也是後勁不足，路虎就漸漸追了上來，寶馬的尾燈遙遙在望。

「一莫，你不要追了，速度太快，太危險了。」商深相信他一個人也可以拿下畢京，「前面的出口你下去，繞回去去接藍襪和涵薇。」

「我不！」徐一莫正在興頭上。

「聽話！」

商深正要和徐一莫多說幾句，卻見前面的寶馬降慢速度駛出了出口，便也懶得再多說了，「好吧，跟上。」

出了收費站，寶馬沒再加速離去，反而靠邊停車了。

商深和徐一莫一前一後將寶馬夾在中間，下車後，商深先抓了一把枴杖鎖拿在手裡，來到寶馬車前。

寶馬車窗打開，露出一張陌生的面孔，是一個二十出頭的年輕人，一頭金色長髮，嘻嘻一笑：「商大俠，跟了我這麼久，辛苦啦。不過不好意思，讓你失望了，范衛衛不在車上。」

副駕駛還有一人，也是一樣的打扮。商深認出對方，正是哦呢陳四人中的其中兩人。再往後座一看，果然空無一人。不好，又上當了，商深頓時驚出了一身冷汗。

徐一莫氣勢洶洶地衝了過來，一揚手將一杯水全部潑在駕駛身上。

駕駛員是古良辰，副駕駛是滕見沉，二人的任務是假裝畢京，一路狂奔，能騙到誰就騙誰。沒想到，竟然騙到了商深和徐一莫。

古良辰對徐一莫印象很深，徐一莫的青春健美讓人過目難忘。不料再次見面，徐一莫二話不說就倒了他一身水，古良辰當即火了，因為是滾燙的開水！

古良辰被燙得哇哇直叫，推門下車，抬腿就朝徐一莫踢去，他現在可沒有什麼憐香惜玉的心思了，只想一心報復。不料腿才抬起，就覺得大腿根一麻，竟然被徐一莫後發先至，一腳踢中，他哎呀一聲，一屁股坐在了地上。

徐一莫一擊得手，上前一步踩在古良辰的肩膀上：「說，范衛衛在哪裡？」

滕見沉見勢不妙，忙過來搭手，剛到近前就被商深攔住了去路，商深一揚手中的枴杖鎖：「范衛衛在哪裡？」

滕見沉嚇得腿一軟，也坐倒在地上。

不是他太草包，想他在寧有縣叱吒風雲多年，也算是方圓幾十里之內的一個人物，只不過商深的眼神太可怕了，像要吃人一樣，再加上已經出了寧有縣界，他只敢在自己的地盤上橫行霸道，一出縣界就喪失底氣，完全亂了章法。

「不知道，我真的不知道。」滕見沉連連擺手，感覺一股熱流洶湧而出，嚇尿褲子了。

商深手中枴杖鎖一揚：「再說一遍？」

滕見沉嚇得一縮脖子：「我說，我說，范衛衛讓畢京帶走了，是他讓我們開車引開你們的。范衛衛被畢京帶哪裡去了，我也不知道。」

商深雖然已經猜到了真相，但聽到滕見沉親口說出，坐實了心中猜測，更是焦急萬分：「畢京到底去哪裡了？」

「我不知道，我真不知道。」滕見沉以為商深要打他，嚇得雙手抱頭，「畢京沒告訴我們，他最陰險了，我早就對哦呢陳說過不要相信畢京，哦呢陳不聽，現在後悔晚了，我們被畢京耍了。」

商深飛起一腳踢倒滕見沉，又一拳打倒古良辰，拉著徐一莫：「走，原路回去。」

商深和徐一莫走了半天，古良辰和滕見沉才敢從地上起來，二人商量一番，決定從縣道返回寧有，不走高速了。

走了幾十公里後，剛進入縣界，就發現有大批員警在嚴查過往車輛，古良辰就如見到親人一般：「可算到家了，媽的，趕緊和東旭說一聲，讓東旭帶人滅了商深。」

車被警察攔住，古良辰興奮地打開窗戶：「東旭，是我，良辰，孫隊長在不？我有事要和他說。」

「古良辰？」

領隊的員警是洪東旭，孫東勇的得力幹將，見居然是古良辰，心想：還真是得來全不費功夫，沒想到這麼快就收網一條大魚。

「你和誰？」

「我和滕見沉。」

古良辰認識洪東旭，停了車，和滕見沉一起下來，還故作親熱地要抱洪東旭的肩膀，「東旭，有幾個壞人在寧有的地界上興風作浪……」

話未說完，卻見洪東旭臉色一沉，後退一步，大喝一聲：「拿下！」幾名員警一哄而上，將古良辰和滕見沉掀翻在地，死死地按住。

「東旭，你抓錯人了，是我呀，我是古良辰！」古良辰大喊。

「沒錯，抓的就是你。」

洪東旭來到古良辰身邊，蹲了下來，「不好意思了古良辰，你的好日子結束了，你惹了不該惹的人！不是兄弟說你，這一次你完了。」

「別，別呀東旭，你放我一馬，我記你一輩子大恩大德。」古良辰這下知道怕了，「別忘了我和哦呢陳是什麼關係……」

「哦呢陳？」洪東旭冷笑一聲，「連他爹都保不住了，別說他了。你們寧有四大禍害這一次要連根拔起了。」

滕見沉兩腿之間再次湧現一股熱流……

第九章

毀於一旦

畢京內心閃過憤怒和不甘，再看到地上已經燒成一堆灰燼的衣服，
才想起不但手機在衣服裡，車鑰匙也在，
他冷得渾身抖索，他知道，他精心設計的計畫在眼見就要成功之時，
因為毛小小搞出的意外之火毀於一旦。

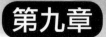

商深和徐一莫原路返回，不多時就和藍襪、崔涵薇隔道相望，此時交警已經出動，正在將哦呢陳的皇冠拖離現場。藍襪由於已經打好了招呼，交警連問都沒有問，就讓藍襪隨時可以離開。

商深用對講機簡單一說事情經過，藍襪大驚，說一直沒有見到畢京的寶馬車。商深微微一想就明白了，畢京應該根本沒有出服務區。

萬一范衛衛被畢京禍害了，事後再怎樣處置畢京都於事無補了，商深知道事不宜遲，顧不上和藍襪、崔涵薇多說，直朝寧有服務區飛奔而去。

到了服務區，一眼望去，服務區空空蕩蕩，停車場連三輛車都沒有，哪裡有畢京寶馬車的影子？

畢京到底去了哪裡？他不可能飛走，又是在高速公路上，他無處可去，除非……除非畢京也從服務區的另一側改道這一側，然後反方向開走。

對，肯定是！商深招呼徐一莫趕緊上車，二人開一輛車，順著回孔縣的方向一路直追下去。

「小毛毛呢？」商深忽然意識到一個疏漏，忘了毛小小了，「她去哪裡了？」

「哎呀，怎麼忘了她了？」

徐一莫也才驚醒過來，忙拿出手機打給毛小小，結果顯示關機，她搖搖頭，擔心地說：「關機了，難不成她也發生什麼意外了？」

「用對講機試試。」

商深慢慢加速，心情卻格外沉重，范衛衛不見了，毛小小也失蹤了，如果背後的一切都是畢京在搗鬼，他一定不會放過畢京。

對講機的有效距離在空曠地帶一般是三到五公里，徐一莫呼叫了幾聲，沒有回應，過了一會兒，手機響了，是崔涵薇來電。

「怎麼樣了？」崔涵薇和藍襪已經回到出事時的寧有服務區。

「我們正在原路返回，小毛毛也失蹤了，事情很棘手。」徐一莫也有了幾分慌亂。

「哦呢陳四個壞人很快就會落網，現在我們要對付的唯一一個人就是畢京，只要找到他，所有問題就都迎刃而解了。」

崔涵薇反倒冷靜了下來，急也沒用，而且她相信憑范衛衛的聰明，絕不會讓畢京得逞。

「我知道畢京去哪裡了……」

商深冷靜地開著車，忽然腦中靈光一閃，想到了問題的癥結點。

「他回德泉了。」

「德泉在哪裡？」

「按說德泉要繼續向北走，但畢京為了避開我們，應該南下了，寧有下一個出口是寧無，從寧無下高速，然後左轉走一〇七國道，也可以到德泉。」

商深開始加速，「你讓涵薇和藍襪在寧有服務區等我們，我猜小毛毛應該是發現了畢京，她肯定是跟在畢京後面。」

商深猜對了，毛小小確實一直在跟在畢京身後，而且她一直沒有被畢京發現！

倒不是毛小小跟蹤的技術有多高明，而是畢京自以為得計，把商深幾人耍得團團轉，商深一方已經完全失去了章法，亂了陣腳，沒有人發現他的存在，他現在如透明人一樣可以從容地隨意擺佈范衛衛了。

就連商深自詡為聰明，肯定也想不到他會帶著范衛衛回德泉，回到當初儀表廠的廢棄宿舍！

畢京從寧無下了高速，轉道上了一〇七國道，然後一路北上。

范衛衛安靜地坐在車上，一言不發，更不用說掙扎反抗了，她驚人的冷靜和出奇的沉靜倒讓畢京暗暗稱奇。不過范衛衛越是不哭不鬧，他越是喜歡，這樣才更顯高貴和非同尋常的氣勢，否則范衛衛鬧個不停，反倒沒意思了。

「衛衛，你別怪我，我實在是太喜歡你了。只要你從了我，我會一輩子對你好，我保證。」

畢京壓根沒發現在身後幾百米開外，不緊不慢地跟著一輛路虎。

毛小小跟著畢京的寶馬上了高速，雖然車技不行，好在畢京開得不快，毛小小跟在後面，唯恐被畢京發現，戰戰兢兢，連手機沒電了都沒有發覺。一直走了兩個多小時，眼見天快黑了，才來到一個不大的縣城。

「德泉？好像聽商總說過這個地方，對了，就是商總和衛衛認識的地方，也是畢京的家鄉。」

毛小小現在鎮靜了許多，自言自語：「肯定是畢京綁了衛衛要回家拜堂成親，嘻嘻，真有意思，現在都什麼年代了，還有搶親的！」

跟著畢京的車七拐八拐，來到一個工廠裡。工廠地形複雜，毛小小不一小心跟丟了，正著急時，忽然聽到范衛衛說話的聲音，心中一喜，就又驅車跟了上去。

聲音是從一個拱門裡面傳出來的，拐進拱門，是一個大院子，北邊並排有一列平房，是員工宿舍。看似很久沒有人住了，有些房門都破損得露出大洞，呈現衰敗的景象。

毛小小停好車，只見畢京的寶馬停在院中，不見畢京和范衛衛的人影，周圍空無一人，風聲吹過，瑟瑟作響，再加上夜幕降臨，一片漆黑，她打了個寒戰，有幾分害怕。

人去哪裡了？並排的平房足有二十多間，不知道畢京和范衛衛藏身於其中的哪一間？毛小小上了臺階，來到第一個門前，俯身到門上聆聽。

沒有聲音。四周靜得嚇人，毛小小被冷風一激，反倒冷靜幾分，她回到車上，拿過一把強光手電筒，然後上了臺階，閉上眼睛，靜心聽著看有什麼動靜。

從中間的房間中傳來微弱的聲音，她跑了過去，正想敲門時，忽然想到她不是畢京的對手，眼睛一掃，發現旁邊的房間門沒有上鎖，就悄悄推門進去。

屋裡一片狼藉，毛小小顧不上許多，發現牆上有亮光透出，原來是一個洞，她俯身到洞口朝裡面一看，頓時大吃一驚！

從洞口望去，正好可以看到隔壁房間的景象。隔壁房間燈火通明，范衛衛坐在床上，畢京坐在她的對面，二人正在說些什麼。

「衛衛，這地方很熟悉吧？這就是當年你的宿舍，世事輪迴，沒想到我們又回到了起點。」畢京大發感慨，「我從見你第一眼起就喜歡上你，一直喜歡到今天，從來沒有改變過心意。我對你的愛，比任何人都持久都真誠，你為什麼就不能接受我？」

范衛衛不說話，冷冷地看了畢京一眼。

「衛衛，你不要這個態度對我，今天我費盡心計把你帶來這裡，就是想在這裡和你共度一個美好的夜晚。雖然條件不太好，但是是我們相識的地方，很有紀念意義。」

「你死了心吧。」范衛衛站了起來，「畢京，我一路上沒有反抗，並不是我默許了你的無恥行為，我是一直想等你自己悔過。現在看來，你是鐵了心一條路走到底了？好，我也仁至義盡了，畢京，從此以後，別怪我對你趕盡殺絕！」

「哈哈！」畢京仰天大笑，「都什麼時候了，你還這麼囂張？如果現在是商深這麼對你，你是不是就忘了商深以前對你的傷害，主動投懷送抱了？」

「是！」范衛衛強硬地回應畢京，「如果是商深想要我，我會毫不猶豫地答應他，但是你，你休想！你不配！」

「我哪裡不如商深了？」

畢京最聽不得范衛衛拿他和商深比，頓時急了，向前一撲，抓住范衛衛的衣服用力一扯，「你今天答應也得答應，不答應也得答應，反正你跑不出我的手掌心。」

范衛衛的衣服被畢京撕裂了一個口子。

「畢京！」范衛衛怒極，一揚手打了畢京一個耳光，「你再敢動我一下，我不會放過你。」

「哈哈哈哈……」畢京大笑，「你現在叫天天不應叫地地不靈，還不會放過我？看我先不放過你再說！」

話一說完，畢京朝前一撲，將范衛衛推倒在床上，一把扯掉自己的上衣，又動作迅速地脫掉了自己的褲子——如果是夏天的話，現在的他應該差不多赤身裸體了，可惜現在是冬天，脫掉上衣和褲子之後，裡面還有衛生衣和衛生褲。

范衛衛倒在床上，一翻身坐了起來，悄悄將一個東西緊緊握在手中，眼中露出一絲狠絕之意。

從小到大，從來沒有一個人敢對她如此無禮，就連當年和商深談戀愛，商深也是愛護她如掌上明珠。現在畢京居然想對她動粗，她不好好收拾畢京一番，她就不是范衛衛了！

房間中很冷，雖然畢京之前已經讓人做好準備——打掃乾淨並且放上了電暖氣，又換上了新被褥，但畢竟是老舊房子，保溫效果差，房間內的溫度頂多十度左右。

十度的溫度體感就非常冷了，范衛衛不動聲色地看著畢京脫掉外衣不再脫下去了，冷若冰霜的表情忽然笑了：「脫呀，怎麼不脫了？」

畢京下意識看了范衛衛一眼，在寒冷的刺激下，范衛衛臉色微紅，粉面剔透，宛如玉人，更令他心癢難抑：「衛衛，你是在挑逗我嗎？」

「挑逗你？我是看不起你。想要得到我還怕冷，你真不是男人。有本事全脫光了，亮亮你的肌肉，也許我還會對你多幾分好感！」

范衛衛輕蔑的語氣再加上微有幾分挑逗的眼神，頓時點燃了畢京心中積蓄已久的激情和欲望。

「好，誰怕誰呀！」

畢京以為事到臨頭，范衛衛改變了主意，想想也是，孤男寡女同居一室，氣氛又如此曖昧，范衛衛再清純也是女人不是？是女人就會動情。

畢京在荷爾蒙的刺激下，三下五除二脫掉了衛生衣和衛生褲，只剩下薄薄的一個背心和內褲，耀武揚威地站在范衛衛面前，儘管凍得渾身發抖。

「我都脫了，衛衛，你是自己脫還是讓我幫你？」

范衛衛上下打量了畢京一眼，譏刺道：「乾瘦如柴，沒有胸肌也沒有腹肌，哎，連腰都沒有，畢京，你臉長得醜也就算了，身上沒有一個地方讓人順眼，真是難為你長得這麼慘絕人寰。」

畢京聽出了味道不對：「范衛衛，你不要以為你還可以耍花招過關，現在是在德泉，商深說不定已經回到北京了，想要他趕回來救你，最快也得明天了。明天……嘿嘿，我們早就同床共枕了，不過你大可放心，你成了我的人後，我會對你負責一輩子的。」

「你都沒有明天了，還想著一輩子的事？」范衛衛緩緩起身，解開了上衣的扣子，「畢京，你想好了，真的要這樣？」

畢京慾火中燒，眼前的范衛衛在燈光的照耀下，美不勝收，此時的他大腦已經完全被下半身支配了。

「今天我不得到你，誓不甘休。衛衛，你就答應我吧，我一定會愛你一輩子，真的，永遠愛你。」

范衛衛忽然發出一聲悠長的嘆息：「好吧，反正我已經沒人要了，商深為了崔涵薇拋棄了我，和你好，也可以氣氣商深。」

「真的？」畢京喜出望外，如果范衛衛可以就範，自然比他用強要好上許多，他連連搓手，「那太好了，謝謝你，衛衛，能不能請你快一點，我等不及了。」

「好吧……」

范衛衛看似無奈，又似有期待，輕輕脫下了外套，露出了裡面的緊身毛衣。

毛衣將范衛衛青春成熟的胴體緊緊包裹，山峰高聳，細腰寬臀，層巒疊嶂，正是一個女孩最美好最怒放的芳華。畢京只看了一眼，呼吸頓時加快了速度。

「衛衛，你真是太美了，你是我的女神，我的太陽……」

畢京哪裡還按捺得住躍躍欲試的心情，不等范衛衛再脫下去，朝前一撲，就要將范衛衛抱入懷中。

躲在隔壁，通過牆洞將房內情形看得一清二楚的毛小小，直嚇得一屁股坐在地上，忘記了身在何處，居然脫口而出「啊」的一聲驚呼。

還好，她聲音很小，而且又隔了一堵牆，畢京和范衛衛都沒有聽見。

眼見畢京就要抱住范衛衛之時，范衛衛朝旁邊一閃，右手舉起，一道寒光從畢京的臉上閃過，畢京只覺臉上一涼，隨後一陣巨痛傳來。

他痛呼一聲，雙手捂住臉，無比驚恐地望著范衛衛手中的東西：「你，你，你用什麼東西劃我？」

范衛衛冷冷一笑，一揚手中的東西：「商深送我的瑞士軍刀。不好意思畢京，你本來就長得醜，現在臉上又被劃了一刀，毀容後就更醜了。」

畢京感受到臉上火辣辣的巨痛，而且鮮血洶湧，心中屈辱、仇恨、不甘和憤怒的情緒一起湧現，頓時爆發：「范衛衛，你他媽的給臉不要臉，我今天要對你先姦後殺！」

不顧臉上的疼痛，畢京再次朝范衛衛撲了過去，這一次范衛衛沒能躲開，被畢京抱個正著。畢京瘋狂地撕扯范衛衛的衣服，范衛衛拼命反抗，奈何終究沒有畢京力氣大，眼見就要慘遭畢京毒手之時，一股濃煙從牆洞中湧了進來，很快就瀰漫了整個房間。

畢京被煙嗆得恢復了清醒，停下手，驚慌四顧，急問：「怎麼回事？哪裡著火了？」

范衛衛得到反抗的機會，從地上撿起瑞士刀，毫不猶豫地又朝畢京的手上用力一扎。

「啊……」

畢京一聲慘叫，左手硬生生被軍刀扎透，軍工直立在他的手背上，觸目驚心。

「范衛衛！」

畢京巨痛難忍，還不甘心，伸出右手去抓范衛衛，結果被范衛衛飛起一腳正踢中襠部，痛苦地蹲了下去。

「你……」已經痛得說不出話了。

范衛衛拿起畢京的衣服，抓起自己的外套，瞪了畢京一眼，頭也不回地奪門而去。

「衛衛，是我，小毛毛。」

毛小小在隔壁放火之後，鼓足勇氣守候在門口，見范衛衛出來，忙迎了過來，「快走，我開了車來。」

范衛衛長出了一口氣，謝天謝地，她已經做好最壞打算，沒想到小毛毛意外出現，當真是天大的意外之喜。

「太好了，謝謝你，小毛毛。」范衛衛拉著毛小小跑到路虎車前。

「等一下。」

毛小小忽然停了下來，伸手拿過范衛衛手中畢京的衣服，然後拿出一個瓶子倒了些東西，點燃了衣服。

「酒？哪來的酒？」范衛衛聞了出來。

「不知道，隔壁房間扔了半瓶酒，還有打火機什麼的亂七八糟的東西，我才點了火。」

說話間，毛小小將點燃的畢京衣服一腳踢飛，「快跑。」

二人剛拉開車門，畢京已經從房間中衝了出來，表情猙獰而恐怖：「你們別跑，我要殺了你們。」

范衛衛又驚又怒，搶過毛小小手中的酒瓶，朝畢京扔了過去，怒喊：「去死吧！」

準頭不夠，酒瓶沒有砸中畢京，卻落在畢京的腳下。

畢京沒有穿鞋，面對一地的碎玻璃不敢邁步，更讓他心驚肉跳的是，酒瓶一碎，裡面的酒灑了一地，隔壁房間的火已經瀰漫開來，瞬間點燃了地上的酒。

火勢雖然不大，卻讓畢京望而止步。畢京後退一步，感受到寒夜徹骨的寒冷，以及近在十幾米開外卻如遠在天涯的范衛衛和毛小小，內心閃過了憤怒和不甘，還有絕望。

再看到地上已經燒成一堆灰燼的衣服，才想起不但手機在衣服裡，車鑰匙也在，他冷得渾身抖索，見范衛衛毅然決然的神情中露出一絲憐憫和居高臨下的輕蔑，他知道，他精心設計的計畫在眼見就要成功之時，因為毛小小搞出的意外之火毀於一旦。

等范衛衛和毛小小的路虎揚長而去之後，畢京還站立原地未動，雖然凍得發抖，內心的冰涼卻比天氣更冷，他仰望星空，星空繁星點點，美麗無限，他的心卻是無邊的黑暗，他發出一聲悠長的嘆息——天亡我也。

大火一直燃燒了將近一個多小時後才被人發現。畢竟過年期間工廠都放假了，而且又是廢棄的宿舍區。

人們前來救火時，驚奇地發現——在燒得一片狼藉的殘骸中，有一個近乎赤身裸體的男人站在灰燼之中，凍得渾身通紅，跟金華火腿一般。尤其是他悲愴的表情、絕望的眼神，驚呆了所有拿盆端鍋前來救火的鄉親。

等有人認出「金華火腿」居然是德泉百姓津津樂道、最有出息的成功人士畢京時，盆、鍋匡噹掉了一地。

「你這是怎麼啦？」從小看畢京長大的沈學良上前抱住畢京，「你這是被人搶了嗎？」

畢京悲從中來，硬撐了一個多小時的他心力交瘁，再也支撐不住，身子一歪倒在地上：「我是自作自受，我活該，我完了。」

「怎麼完了？你還年輕，以後的路還很長，可別喪氣。」沈學良脫下身上的棉襖給畢京披上，「走，回家去。」

「送我去公安局。」畢京知道大勢已去，「我要自首。」

「什麼？畢京自首了？」

商深接到藍襪的電話時，剛剛和毛小小、范衛衛遇上，還不敢相信藍襪的消息，「哪裡來的消息？」

「不相信我？」

藍襪在得知范衛衛安然無事時，一顆心終於放到了肚子裡。「不但畢京自首了，哦呢陳、付先鋒、古良辰和滕見沉也都落網了。對了，哦呢陳家的服裝廠半個月內就會倒閉。」

「活該，壞人就該得到應有的懲罰。」商深高興地一揚手，「畢京是以什麼理由自首的？」

「具體情況還不清楚，以畢京的德性，頂多是承認綁架范衛衛的事。」藍襪知道商深想問的是什麼。

商深顧不上和藍襪多說，掛斷電話，打量了范衛衛幾眼，見范衛衛除了精神萎靡一些之外，並無大礙，他無比憐惜地摸了一下范衛衛的頭髮，「衛衛，讓你受屈了。」

范衛衛在畢京面前堅強又硬氣，在商深面前，卻再也無法矜持，眼淚如泉水一樣洶湧而出，她撲入商深懷中，失聲痛哭，哭得痛快淋漓，哭得天昏地暗。

毛小小在一旁抹著眼淚，心中既欣慰又感動。欣慰的是，她一向膽小怕事，今天卻做了一件了不起的大事，足以寫進她的人生史冊；感動的是，商深雖然和范衛衛分手了，但為了救范衛衛，不惜奔波幾百公里，不曾放棄對范衛衛的尋找，是一個重情重義的男人。

徐一莫也哭了，她抱住毛小小，心中複雜難言，欣慰、欣喜、感慨和難過一起湧上心頭，想起她和商深一路一刻不停，直奔德泉而來，還沒有走到德泉縣城時，迎面就駛來了毛小小和范衛衛的路虎。

兩車相遇後，商深自是無比高興，沒想到毛小小成了奇兵，以巧計救下了范衛衛。

「走，回北京。」既然畢京已經自首，商深決定連夜回去。

「讓衛衛坐你的車。」徐一莫知道此時最能安慰范衛衛的只有商深，她拉著毛小小上了路虎，「你們跟在我們車後。」

范衛衛上了車，整個人癱軟在副駕駛座上，彷彿耗盡了全身的力氣，連睜開眼睛的精神都沒有了。

汽車在漆黑的夜色中，劃破濃重的黑暗，直奔北京而去。

范衛衛睡著了，緊抿的小嘴以及不停眨動的睫毛顯示她在睡夢之中的不安。

「不要，不要，不要碰我！商深救我，商深救我！」不知道做了什麼惡夢，范衛衛驚恐地大喊，抱住了商深的胳膊。

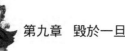

商深心中湧動憐惜，如果他不是在開車，一定會將范衛衛抱入懷中，安撫她受傷的心靈。

又開了一個多小時，商深的手機響了，商深以為是崔涵薇或是藍襪來電，拿過手機一看，是深圳的號碼。

接聽了電話，話筒中傳來范長天焦急的聲音：

「商深，我是范長天，衛衛和你在一起嗎？她的電話怎麼打不通了，會不會出什麼事了？」

「范伯伯，衛衛和我在一起，她沒事，不用擔心。」

商深本不想叫醒范衛衛，范衛衛卻醒了，伸手拿過了電話。

「爸，我沒事，挺好的，手機沒電了。」范衛衛努力一笑，聲音雖然還有幾分疲憊，卻恢復了幾分應有的活潑。

「沒事就好，沒事就好，擔心死爸爸了。你也真是的，沒電了也不知道充電，你不知道你媽愛胡思亂想，以為你又做什麼傻事了……」

范長天隨著年紀的增長，對女兒的關心也愈加多了起來，有時婆婆媽媽如同一個女人。女兒是他上輩子的情人，他對女兒的愛，超過了他對任何人的愛。

「爸……」范衛衛強忍著不讓眼淚流下來，儘量讓聲音聽上去很正常，「求您一件事情。」

「什麼事？」范長天沒有聽出來女兒聲音的異常。

「我想你動用你的全部力量和關係，幫我查一個人。」范衛衛央求道。

「誰呀？」

「朱石。」范衛衛緊咬嘴唇，「他不是在深圳就是在香港。」

「找他做什麼？」范長天不解，沒聽說過朱石這個人，女兒找他做什麼？「他和你什麼關係？」

「沒什麼關係，爸，你不要多想，幫我找到他，女兒會非常開心，會好好謝謝你。」范衛衛的淚水不爭氣地流了下來，「你一定要不惜一切代價找到朱石，如果找不到，哼，我就不理爸爸了。」

「好，好，我一定找到他。」

范長天還從未見過女兒如此鄭重其事地央求過他什麼，除了在商深的事情上固執己見之外。

「一個月之內，上天下地，爸爸一定把他找出來。」

「謝謝爸爸。」

掛斷電話，范衛衛淚水直流，心中只有一個堅定的念頭在縈繞，畢京，我一定要讓你為你的所作所為付出慘痛的代價！

商深伸出右手，將范衛衛抱在懷中，輕輕一吻她的頭髮：「睡吧，一切都會過去，一會都會更好。」

「商深……」

范衛衛想起了她和商深在德泉的過往，心中悲傷莫名。

「從哪裡開始就從哪裡結束，畢京帶我去德泉，還是在當年我們住過的宿舍……結束了，真的一切都結束了。」

商深沒有接范衛衛的話，用力抱了抱她的肩膀，輕聲安慰道：「休息一會兒，等到了北京再叫你。」

「嗯。」

范衛衛並不是想再和商深回到從前，她只是緬懷一下曾經逝去的美好時光，她和商深終究有緣無分，只能將這份感情深藏於心。

是呀，希望明天一切都好！

一周後。

過完了春節陸續回到工作崗位上的人們，又重新開始了一年的拼搏。商深也是，經歷了春節期間的意外事件之後，一切又重新回到正軌。

畢京自首，只交代了他綁架范衛衛的事，對於遊船著火事件隻字不提，等於還是避重就輕，試圖蒙混過關。

公安機關將畢京依法逮捕，並提交檢察院，準備以非法拘禁罪和強姦未遂罪提出公訴。畢工四處奔波，托人找關係，希望網開一面，企圖讓畢京免以公訴，結果無濟於事。

辦案民警和相關領導告訴他，畢京涉案重大，情節嚴重，而且來自上面的壓力很大，如果不對畢京依法逮捕，整個德泉的公安系統也許都會重新洗牌，而且說不定副局長還得因為范衛衛被綁架事件引咎辭職。

最後，對方語重心長地對畢工說了一番話：「這麼說吧老畢，你們家畢京惹了不該惹的人，我勸你不要再折騰了，對方來頭太大，你在對方眼裡就跟一隻螞蟻差不多。畢京也是，本來就是螞蟻，非要去惹大象，不是找死嘛？」

畢工卻不死心，一心想救兒子出來，覺得只要錢花到了位就一切沒問題了，為了籌錢，他賣掉未來製造的股份，籌了一千多萬，想要送禮。結果無人敢收。

他不死心，發現在畢京名下除了有未來製造的股份外，竟然還有一億多的存款，他大吃一驚，不知道畢京從哪裡弄來這麼多錢。不過也管不了那麼多了，有錢就有底氣，他四處託人，放話只要誰能幫忙救出畢京，就答謝五千萬。

重賞之下，必有勇夫；勇夫之中，必有騙子。陸續不下於十幾人來找到畢工，說他們手眼通天，救畢京不過是一通電話的事，但有一個前提，必須錢到位了才行。

畢工早已亂了分寸，誰要錢都給，然後發現所有拿了錢的人全部憑空消失，沒有一個拿人錢財與人消災，結果一億多的存款在短短半個月之內被他揮霍一空。畢工又氣又急，一病不起。

就在畢工四處救人的同時，寧有縣也發生了一連串天翻地覆的大事。先是橫行縣裡多年的四害哦呢陳四人被全部逮捕，陳氏服裝廠大量訂單被取消，彷彿一夜之間變了天，所有關係不錯的老客戶全部和陳氏服裝廠斷絕了合作關係，陳氏服裝廠在一周內由盛變衰，只好宣布破產倒閉。

這還不算，哦呢陳的老爸陳掃祝亦被逮捕，等待陳掃祝的，最少是十年以上的牢獄之災。至於哦呢陳四人，少說也是十年以上有期徒刑。

葉十三聽說了畢京的事情後，特意和商深見了一面。一方面，葉十三含蓄地表明他和畢京綁架范衛衛事件無關，說他完全不知情，在對范衛衛表示了同情之後，又對畢京加以無情的譴責。另一方面，葉十三告訴商深，他已經辭職了，準備接手伊家的家族生意，以後也許不會再從事互聯網行業，如果有可能，希望和商深可以進一步合作。

商深客氣地回應了葉十三，卻沒有正面答應他什麼。不過他對葉十三的辭職亦持贊同態度，中文上網網站的頹勢已經很明顯了；另一方面，WIN2000的正式推出，導致中文上網外掛程式無法安裝，打得中文上網外掛程式一個措手不及。

與此同時，充分考慮到WIN2000特性的全能管家以及不需要安裝上網外掛程式的一二三網站，上升的勢頭越來越勢不可擋，幾乎和中文上網網站平分江山了。

而這一切還是建立在WIN2000才剛剛問世，還沒有普及的前提之下，相信隨著WIN2000的裝機量的提高，一二三網站的市場分額會進一步提升。明眼人都可以看出，不用多久，中文上網網站就會成為歷史。

又一周後，從深圳傳來消息，范長天強勢出手，很快就將自以為誰也無法找到他的朱石揪了出來。收到消息後，歷江第一時間帶隊南下深圳，直接將朱石捉拿歸案。

朱石的落馬，讓幾個月前的遊船大火事件最終水落石出。

據朱石招供，畢京是遊船大火事件幕後主使人之一，他受畢京指使，暗中製造煤氣中毒，意圖害死黃廣寬。得手之後，潛逃回深圳，然後在席捲黃廣寬一部分財產後，偷渡到香港。

他在香港待了一段時間，感覺風聲過去了，就又偷偷逃回深圳。不料一回深圳就正好撞見范長天全線搜索他，應聲被捉。

根據朱石的供詞，歷江要求將畢京綁架范衛衛和殺害黃廣寬兩案合併審理，在得到上級的支持同意後，歷江向檢察院提起了公訴，在畢京兩個罪名之外，又增加一個蓄意殺人罪。

蓄意殺人罪對畢京是致命一擊，本來有望只判十年的畢京因蓄意殺人罪證據確鑿，數罪併罰，最終判處死刑，緩刑兩年執行。

在聽到畢京被判處死刑緩刑兩年的消息之後，臥病在床的畢工急火攻心，最終搶救無效死亡。

畢工一死，在獄中的畢京無從得知他名下的未來製造的股份是被何人所買，不過他已經不再關心這些了，人生大敗，前途盡失，金錢和名譽全是身外之物，連自由都失去了，對他來說，什麼還有意義？什麼都沒有意義了。

葉十三專程來獄中看望了畢京一次，唯一的一次。

已是春天了，春暖花開，充滿勃勃生機。季節的變遷帶來視覺的衝擊和感受的不同，也帶來了新的氣象，但對於畢京來說，季節於他而言只不過是衣服的變化。

坐在會客室裡，畢京和葉十三隔著鐵欄杆相望。

「黃漢和寧二走了，你落得這樣的下場，人生真是充滿了一個又一個悲劇……」葉十三見穿著犯人衣的畢京形容憔悴，披頭散髮，眼窩深陷，不由悲從中來。

「畢京，為什麼會這樣呢？」

「我媽怎樣了？」

畢京沒有回答葉十三悲天憫人的問題，現在他只關心媽媽的病情。

「十三，能不能幫我照顧照顧媽媽？她太不幸了。」

「我已經託人給伯母送去十萬塊。」葉十三一臉悲情地說，「你放心，我會照顧好伯母的，保證她有一個幸福的晚年。」

「幸福？不要再和我說幸福了！對我和我家來說，幸福永遠不存在了。」畢京冷笑道：「十三，商深現在怎麼樣了？」

葉十三心想：都這時候了，畢京怎麼還想知道商深的現狀？但畢京既然問了，他又不能不說：「商深現在可說是春風得意，和崔涵薇已經定好了婚期，五一結婚。」

「拓海九州呢？」畢京更關心商深事業的發展。

「拓海九州發展順利，商深又陸續參股了幾家互聯網公司，現在他已經是中國互聯網所有大公司的股東了，業內都驚呼商深幾乎買下了中國互聯網的半壁江山。」

葉十三一想到商深的風光，心口就一陣隱隱作痛，除非他完全接手伊家的生意，否則他和商深的距離只會越來越遠。

「只要你接手了伊家的全部生意，商深就不算什麼了。崔家有崔涵柏，商深從崔家得不到多少家產。」畢京問：「對了十三，你接管伊家生意的計畫，進展到哪一步了？」

「我和伊童也定好了五一結婚。結婚後，我才會正式進入董事會，擔任執行董事。估計過上半年，會擔任副總裁。再過上三五年，也許可以成為總裁，再成為董事長。」

葉十三接管伊家之路，遠比他想像中來得漫長並且曲折，伊家對他的不信任十分明顯，只同意他進入董事會卻不給他一個關鍵的管理職務，讓他無法一步步吞食伊家的股份。

「三五年並不長，反正伊家就伊童一個女兒，早晚所有家產都是你的，急什麼？只要你和伊童結婚，伊家家產就等於到手了。只可惜，我不能親眼見到商深摔個粉身碎骨了。」畢京咬牙切齒地道。

第十章

隱形商神

葉十三在興潮網成功上市的一刻才真正佩服商深高瞻遠矚的目光，
雖然他不知道商深持有多少興潮網的股份，
但他相信商深在互聯網的佈局，隨著越來越多的互聯網公司的上市，
會越來越成為一個深不可測的隱形富翁。

商深摔個粉身碎骨？葉十三不知道該怎麼形容自己的心情，現在的商深上升之勢如長虹貫日，讓業內無數人為之側目為之歡呼，除非中國互聯網徹底崩盤，否則商深斷然沒有摔倒的可能。

「怎麼了，商深已經長成參天大樹了？」畢京注意到葉十三神情中的無奈和苦澀。

「興潮網剛剛在納斯達克成功上市。」葉十三點點頭，「不出意外，絡容和索狸分別會在六七月登錄納斯達克，根據興潮網上市的股份漲幅資料做為參考，絡容和索狸上市後，市值也不會太低。」

「興潮網這麼快就成功上市了？市值多少？」畢京驚呆了。

「興潮網的股票上市發行價為十七點五美元，股價一度上漲到四十美元，上市時發行市值為七點五六億美元。」

葉十三在興潮網成功上市的一刻，才真正佩服商深高瞻遠矚的目光，即使沒有施得公司賣出一點五二億美元的勝局，他和商深相比，還是差在了長遠的佈局和精準的眼光之上，雖然他不知道商深持有多少興潮網的股份，但他完全相信商深在整個互聯網的佈局，隨著越來越多的互聯網公司的上市，商深會越來越成為一個深不可測的隱形富翁。

是的，隱形富翁。

每家上市公司的股東之中，總會有幾個不顯眼的名字，持股比例不高，不足以進入董事會，卻又會在股東名單中赫然在列。哪怕他在每家上市公司只持股非常小的比例，但加在一起就是一個龐大而驚人的數字了。最關鍵的是，他還不會被人發現。

畢京身在獄中，最希望看到的是商深的慘敗，結果全然相反，他被葉十三告訴他的消息打擊得失去了思索能力。

「絡容和索狸上市後，會有多少市值？」

「絡容和索狸估計都是四到五億美元左右的市值。」葉十三若有所思地說道：「和三大門戶網站相比，我更看好商深深耕的另外三家網站以後上市的前景。」

「哦，哪三家？」

「企鵝、芝麻開門和千度。」葉十三研判道：「以後企鵝、芝麻開門和千度上市時的市值，甚至會比三大門戶網站高出十倍不止。」

畢京沉默了，商深之前努力耕耘種下的希望，現在到了陸續收穫的季節，而他卻鋃鐺入獄，人生真是充滿了諷刺。

「互聯網的泡沫也該來了……」沉默了半天，畢京幽幽地說了一句。

畢京雖然是出於嫉妒商深的心理，盼望互聯網泡沫的來臨，但現實情況卻是，互聯網的泡沫已經悄然來臨了。對此，商深早已做好了充足的準備。

興潮網上市後，因互聯網泡沫破裂，股價跌至一點六美元附近，至二〇〇二年才開始反彈。

二〇〇〇年六月，絡容網在納斯達克股票交易所正式掛牌交易，發行價定為每股十五點五〇美元，卻以十二點一六五美元的價格寫下絡容網上市第一天的歷史，跌幅高達百分之二十，有人形容絡容為「流血上市」。

二〇〇〇年七月，索狸正式在美國納斯達克掛牌上市，首日股票上漲六美分。此事預示著互聯網泡沫的正式來臨。

不過互聯網泡沫雖然來勢洶洶，大多數互聯網公司還是挺過了寒流，包括芝麻開門、企鵝和千度在內都安然無事。而寒流過後，它們也再一次迎來了互聯網的第二次高峰，正如葉十三所言，第二次高峰是企鵝、千度的上市，造就了更多的千萬和億萬富翁，同時也讓興潮、絡容和索狸的市值水漲船高，攀升到一個前所未有的高度。

經過十幾年的發展，絡容自二〇〇〇年上市以來，股價漲幅達到百分之三百八十三，索狸漲幅為百分之三百六十九、興潮漲百分之三百六十五，其中絡容市值從發行時的四點六七億美元增長到九十四點一億美元，市值增長超過二十倍。

興潮從上市的七點五六億美元攀升至五十三點〇六億美元，而索狸的市值也從三點九九億美元增至三十二點九億美元。

等第三次互聯網浪潮來臨之時，芝麻開門的上市更是震驚了整個世界，成為納斯達克歷史上融資最多的上市公司之一。

作為幕後推手的商深，身家自然水漲船高，不動聲色間便坐擁億萬財富。至此，商深身家到底多少，是絕對的商業機密，無人知曉。

以後的事對畢京來說還太過遙遠，現在的他，只希望商深一敗塗地，可惜的是，他的願望永遠不會實現了。

而且他更不知道的是，幕後接手他在未來製造股份的神秘人物，正是葉十三。作為他最好兄弟的葉十三，在畢工急著出手股份時，給出了一個極低的價格。不知道股份真正價值的畢工，還對葉十三救了他的燃眉之急感激涕零。

「等哪一天商深倒楣了，十三，記得告訴我一聲，也好讓我有活下去的希望。」告別的時候，畢京囑託葉十三。

葉十三點點頭，心中卻想，一個人活下去的信念竟是寄託在別人的失敗上，這是何等的悲哀！

其實他還有一件事情沒有告訴畢京，作為多年的好友，他實在不忍心再打擊畢京了，據他得知，范衛衛決定增資拓海九州，成為拓海九州的第三大股東，她要把拓海九州當成自己一生的事業經營。

而且有跡象表明，范衛衛立志終身不嫁，顯然，她是想當商深背後的女人。不過，想想也可以理解，范衛衛和商深經歷了那麼多刻骨銘心的事，又有過生死與共時刻，她的心裡不可能還容得下別人。

如果畢京知道他的瘋狂之舉最終反而是促使范衛衛和商深更加密切的話，他會不會發瘋？葉十三不願意再多想下去，其實對畢京來說，活著就行了，不用想太多，想得越多越痛苦。

出了監獄，葉十三上了車。

伊童問：「畢京不知道現在未來製造已經落到你手裡了吧？」

「不知道。」

「他也不知道我們已經結婚了吧？」伊童一臉幸福地抱住了葉十三的胳膊，「我就要搶在崔涵薇前面舉辦婚禮。」

「不知道。」

葉十三和伊童早在一個月前已經舉行了婚禮，結婚時，商深和崔涵薇連袂前來祝賀，並且送上了厚禮。商深更暗示地對葉十三說了一句話：

「十三，伊家只有伊童一個女兒，所以，你好好為伊家的家族生意出力，早晚會得到你想要的一切，千萬不要急於求成。」

葉十三豈能不明白商深的話中含意，他也想按部就班地一步步全面接手伊家的生意，但他等不及了，或者說，商深的進步太快，他怕等他接手伊家全部生意的時候，到時商深身家早就高達上百億也許還不止，他豈不是永遠被商深踩在腳下了？

如果他現在接手伊家的生意，在他的指揮下，憑藉他的聰明和才能，伊家的家族生意可以在現有的基礎上實現飛躍性的成長。可惜的是，伊重不相信他，始終沒有下放大權，他只能成為家族生意中的一個環節，而不是掌控全域的人。

「伊童，你名下持有伊家集團多少股份？」葉十三發動了汽車。

「百分之二十。」伊童知道葉十三在想什麼，安撫說：「我不是不相信你，而是現在轉移到你的名下，爸爸會多心。慢慢來，別急，早晚你一定會是伊氏集團的最大股東兼董事長。」

伊童嫁給葉十三後，一顆心都撲在葉十三身上。曾經有過夜店公主之稱的她，玩夠了也玩累了，願得一人心，白首不相離；她深愛葉十三，願意答應葉十三所有的要求，滿足葉十三所有的期待。

「嗯。」葉十三心思浮沉，知道有些事情急不得，就轉變了思路，「不如採取迂迴之策，我賣掉未來製造集團，變現之後，收購伊氏集團的股份，然後……」

伊童想了想：「你真的這麼想掌控伊氏？」

「我想讓伊氏轉變思路，跟上互聯網時代的潮流。」

「好吧，隨你怎麼做了。不過，你要把未來製造集團賣給誰？」

「商深！」

「什麼，葉十三想全盤出售未來製造？」

徐一莫坐在商深的對面，她左邊是崔涵薇，右邊是范衛衛和藍襪，「我不同意收購未來製造集團。」

拓海九州五大股東全數在場，作為最小股東的徐一莫卻最先發言。

商深微笑不語，最近他一直在籌備和崔涵薇的婚禮，並沒有太多心思用在葉十三身上。葉十三脫離了互聯網業，進入伊氏集團，積極謀求在伊氏集團的發言權，他自然心知肚明；葉十三想要打包賣掉未來製造集團是有什麼謀算，他也能猜到一二。

「為什麼不同意？買下來。」崔涵薇嫣然一笑，「葉十三是缺錢了，想變現未來製造，拿到錢後，好去收購伊氏的股份。君子有成人之美，既如此就成全了他多好。」

「幹嘛要幫他？」徐一莫不理解崔涵薇的想法。

范衛衛也附和崔涵薇，「買下來，未來製造的底子不錯，拿過來後，如果加以改善，以後肯定可以大有作為。正好我手中有一筆資金，可以直接拿來收購未來製造。」

「這樣算下來，你就要成為第二大股東了？」

徐一莫對范衛衛不再有戒心，不過她的基本立場沒變，更傾向於崔涵薇，「這樣不太好吧，商哥哥最大，你第二，涵薇成了第三，這樣有反客為主的趨勢。」

「涵薇可以和我共同出資收購未來製造，我們的股份同時提升，這樣她還是第二大股東，我仍是第三。」范衛衛嘻嘻一笑，看了藍襪一眼，「藍姐姐，不好意思，我搶了你的風頭。」

藍襪搖搖頭：「沒什麼，我正好沒錢了，你們繼續。」

最後一致商定，由崔涵薇和范衛衛共同出資收購未來製造，併入拓海九州，崔涵薇和范衛衛的持股比例同時上升。

「我還是不明白為什麼非要收購未來製造？而且還是百分之百控股，我們不是要以互聯網企業為主，不從事實體經營，不是嗎？」徐一莫還是想不太通。

「很快你就會明白了。」商深笑了笑，沒有多作解釋。

辦理收購進行得異常順利，價格也十分合理，葉十三由於急於出手，再加上是范衛衛出面和他談判，范衛衛對未來製造知根知底，最後的成交價格讓雙方都很滿意。

交接之後，未來製造就易主成為拓海九州的合資子公司了。等於崔涵柏當年賣出的工廠，又重回到了崔涵薇的名下。

很快五一到了，商深和崔涵薇的婚禮如期到來。

商深並沒有大肆操辦，而是一切從簡，只邀請圈內的朋友參加，婚禮地點也沒有選擇豪華的五星級酒店，而是在一處隱蔽的四合院中。饒是如此，還是被一些好事的媒體打聽到了消息，偷偷潛伏在左右，想要拍到輕易不再接受採訪的互聯網業界大老。

果然被精明的記者們拍到了好幾位重量級的互聯網業界人物，張向西、王陽朝和向落自不用說，名聲如日中天的馬朵也悄然現身商深婚禮現場，還有互聯網的後起之秀代俊偉，以及已經成為第一社交軟體企鵝的創始人馬化龍，等等，無數名流彙聚一堂，共祝商深和崔涵薇百年好合。

商深英俊瀟灑，崔涵薇端莊華麗，在眾人的祝賀聲中，商深第一次喝得酩酊大醉。

結果新婚之夜竟在昏睡之中度過，天一亮醒來，商深還有片刻的短路，對睡在身邊的崔涵薇說道：「喂，你是誰家小姐，怎麼睡我床上了？你沒有對我動手動腳吧？」

「你！」

結果惹來崔涵薇的一頓粉拳。

伴隨著夏天的到來，互聯網的第一次泡沫終於如期來臨。洶湧澎湃了三年多的互聯網浪潮，在寒流的侵襲之下，進入了寒冬。

許多創業的互聯網公司紛紛倒閉，就連三大門戶網站，股價也一度跌到幾美元。好在不管是三大門戶網站還是芝麻開門、企鵝和千度，都已經站穩了腳跟，成功地度過危機。

在互聯網危機之時，拓海九州的日子也不太好過，參股的幾家互聯網公司，除了三大門戶網站和幾家蓬勃生長的網站之外，有幾個小網站沒有挺過來，投資也打了水漂。

投資有成功就必有失敗，不可能所有的投資都會有收穫。好在收購了未來製造的拓海九州，在互聯網泡沫之時，利用製造業成功地抵禦了寒流。徐一莫才知道商深幾人為什麼一致同意收購未來製造，原來是未雨綢繆，比她看得長遠。

但不管互聯網泡沫來臨之時，有多少所謂的專家唱衰互聯網的前景，認為互聯網的寒冬會十分漫長並且無法復蘇，商深卻依然堅定地認為，互聯網的第一次泡沫只是一次非常短暫的寒流，很快就會冬去春來。

商深的預言是正確的，第一次泡沫雖然哀鴻遍野，但來得快也去得快，凡是挺過了第一次寒流的互聯網公司，都開始了新一輪的瘋狂成長。

中國互聯網再次呈現了全新的欣欣向榮的氣象，進入了戰國七雄的時代。先是企鵝完成助跑，進入了起飛模式。

互聯網公司的發展和傳統實業不太一樣的地方在於，傳統實業一開始是步行，然後是進入快車道，最後是開上高速公路，高速公路就是最快的模式了。而互聯網公司一開始的醞釀期也許會很漫長，而且會如蝸牛一樣前行，慢到讓人看不到希望。但是一旦挺過了潛伏期，就會進入助跑階段，相當於飛機開始進入了跑道。只要開始起跑，起飛後就會以超出傳統實業幾倍十幾倍的速度迅速膨脹。

在OICQ推出僅僅九個月後，企鵝註冊用戶數即突破百萬。二〇〇〇年五月廿七日，企鵝同時線上人數突破十萬，隔天的報紙頭條就對此事進行了報導，可見對此事的重視。

一個月後，企鵝註冊用戶數突破千萬。二〇〇一年二月，企鵝同時線上用戶數突破一百萬，註冊用戶增至五千萬。

二〇〇二年三月，企鵝註冊用戶數正式突破一億。二〇一〇年三月五日十九點五十二分五秒，企鵝同時線上用戶數突破一億，成就一個互聯網奇蹟。

企鵝從一款即時通訊軟體起步，從開始時的步履踉蹌險些摔倒，到二〇〇一年的無線增值業務時的順勢崛起，再到遊戲、門戶、電子商務、協力廠商支付、搜尋引擎，十幾年的時間，企鵝完成了互聯網產業幾乎所有業務的佈局，到二〇一〇年時，企鵝已悄然成為世界第二大互聯網公司。

可以說，在企鵝的每一個發展和擴張階段，背後都有商深無處不在卻又無人可見的影子。

不管是在最初階段，商深對企鵝在程式設計技術和和資金上的支持，還是在度過生存危機之後步入正軌的全力擴張之上，都有商深的建議伴隨其中。馬化龍甚至養成做每一個重大決定之前都要聽取商深意見的習慣，可以說商深是企鵝編制外的顧問毫不誇張。

當然，也不能完全算是編制外，商深手中持有企鵝的股份，究竟持股多少，不但外界千方百計打聽不出真實數據，就連馬化龍和商深本人也是諱莫如深。

二〇〇四年，企鵝在香港成功上市，一夜之間造就了五個億萬富翁，七個千萬富翁和若干個百萬富翁。十年後，企鵝的股份飆升了百倍有餘。隱藏在幕後的商深，雖然在企鵝剛上市時不過是百萬富翁，但他一直沒有拋售手中的企鵝股票，升值百倍之後，他的財富可想而知。

就連當初聽了他的話而向企鵝投資五萬塊的歷江，也一直持有原始股堅持了十幾年之久。十幾年後，歷江已經是不折不扣的千萬富翁了。如果再算上他在商深的公司所持有的股份，他已然是不顯山不露水的億萬富翁了！

在企鵝飛速擴張的同時，芝麻開門也騰空而起，飛向了雲霄。

一九九九年芝麻開門成立之初，易趣網已經穩居中國國內C2C（客戶對客戶）在線拍賣領域的龍頭老大地位不可動搖，此時的局勢是：全球C2C霸主eBay網連續向易趣投資，並實現對易趣的完全控股。

而芝麻開門和易趣一開始並沒有直接的競爭關係，芝麻開門既不是C2C（客戶對客戶），也不是B2C（商家對客戶），而是做面對中小企業的B2B（商家對商家），和易趣完全不是一個路數。

誰也不知道芝麻開門會再上線一家直接和eBay短兵相接的C2C網站「撿貝」。

早在二〇〇三年之前，商深就一再建議馬朵上線一家和易趣網類似的

C2C網站，馬朵正全副精力投入到芝麻開門之中，沒有餘力也沒有興趣創辦C2C網站，主要也是馬朵覺得C2C網站不如B2B更有前景，因為客戶對客戶的小額交易，作為中間商的網站無利可圖。

然而二〇〇三年的Sars（非典），導致了許多實體店鋪的關門，讓馬朵終於嗅到了客戶對客戶網站的商機。所有店鋪要麼關門大吉，要麼門前冷落，但消費的需求還在，怎麼辦？網購。

馬朵想通之後，立刻興奮地打電話給商深，說他準備上線C2C網站，希望商深幫忙起一個名字。商深早就有了想法，哈哈一笑說道：「淘撿寶貝，就叫撿貝多好。」

「好，撿貝。」

馬朵放下電話，直接飛到了北京，和商深面談了一天一夜，回到杭州後，迅速上線了撿貝。而此時的易趣儼然已經是國內C2C的網站的第一，地位穩如泰山，不可動搖，撿貝想要成功，必然要劍指易趣。

業內幾乎所有人都不看好馬朵上線撿貝之舉，認為撿貝想從C2C市場試圖從中分易趣一杯羹，簡直難於登天，是不可能的任務，馬朵是被芝麻開門的成功沖昏了頭腦。只有商深最堅定地支持馬朵。

有了商深的支持，馬朵對業內所有的反對聲音不屑一顧，好戰的他就此掀開對eBay易趣的大戰。此時的馬朵今非昔比，遠不是當年成立芝麻開門時只有五十萬啟動資金的窮小子了，他依託八千兩百萬美元的風險投資為後盾，撿貝一上來就打免費牌，客戶和商家完全免費，承諾三年內全部免費，揚言撿貝三年內不需要實現利潤。

僅僅一年之後，根據排名以及用戶覆蓋率，撿貝就宣布「擊敗」易趣，到二〇一三年，撿貝網和芝麻開門的另一個購物網站「地狗」的成交額總計二千四百億美元。這個總成交額是亞馬遜的兩倍多，eBay的三倍。

而馬朵另外打了一個漂亮的翻身仗是付支寶。

對於電子商務來說，資金出口是兵家必爭之地。誰掌握了資金出口，就等於誰掌握了現金流。在現金為王的時代，手中有錢才心中不慌。

eBay收購易趣之後，就將自己的支付工具PayPal引入中國。二〇一一年八月，eBay宣布終止和芝麻開門在全球速賣通業務上一年多的支付合作，其根本原因是不希望撿貝做大，不希望養虎為患。但此舉為時已晚，早就察覺到了資金出口重要性的馬朵，已經開始著手佈局，自己下棋了。

芝麻開門集團五十億元投資付支寶，力求打造一個真正全球化的、第一流的支付體系。

自從二〇〇三年推出以後，付支寶依託馬朵率先提出的「你敢用，我就敢賠」的口號以及「全額賠付」制度，人氣迅速攀升，通過與澳大利亞最大的在線支付公司Paymate合作，建立了中文購物平臺「海外寶」。此時PayPal意識到付支寶的崛起過於迅速，在驚恐之餘再進行反擊，卻已經晚了太多，望塵莫及了。

付支寶在馬朵的精心打造下，一躍成為中國互聯網的「銀聯」，每日交易資金過億。

撿貝和付支寶，成為eBay在中國前進道路上大步前進的攔路虎和橋頭堡。即使eBay一再追加投資，甚至結盟環球資源，試圖聯合多方力量圍剿芝麻開門，將還幼小的撿貝和付支寶扼殺在搖籃之中，卻最終功敗垂成，沒能打破僵局。

短短三年時間，付支寶的用戶覆蓋了整個C2C、B2C以及B2B領域。很快使用支付寶的用戶已經超過一億，每日交易筆數超過兩百萬筆。

正是由於芝麻開門和撿貝、付支寶的成功，最終締造了芝麻開門帝國的成功，二〇一四年九月十九日，芝麻開門成功在美國上市，首日開盤價為九十二點七美元，較發行價六十八美元上漲了百分之三十六點三！

芝麻開門的市值高達二二八五億美元，成為僅次於谷歌的全球第二大互聯網公司，而芝麻開門的創始人馬朵，也一舉成為中國首富！

芝麻開門最高募集兩百五十億美元的資金，成為全球最大的首次公開募股，被稱之為史上最大ＩＰＯ，一舉震驚了世界。

商深依然沒有出現在芝麻開門的股東名單、管理層以及追隨馬朵創業的十八人裡，但在馬朵的心目中，商深的地位無人可以替代，商深是獨一無二的存在。

相比企鵝曲折的成功之路以及芝麻開門波折的創業之路，千度的發展之路就順利多了。

千度於二〇〇〇年一月正式創立以來，發展非常迅猛，從剛成立時只有十個員工的小公司到現在已經擁有兩萬名員工的大型互聯網公司，走過了一條獨特的崛起之路。

千度創立之初，為了生存，代俊偉還是選擇了與其他專業搜尋引擎略有區別的商業模式——和門戶網站合作，千度按照搜索訪問量分成，也就是最早的時候范衛衛和張向西、王陽朝等人討論過的模式。

這種付費模式在當時頗受門戶網站的歡迎，包括興潮網、絡容網在內的各大門戶網站都採用了千度提供的搜尋引擎服務。但這種模式很快顯示了其局限性。

為了追求更大發展的空間，代俊偉借用了「付費排名」搜尋引擎商業模式，客戶通過購買關鍵字並進行競價，決定其在搜索結果中排名的先後，並通過上下文內容分析技術，將廣告同時投放於其他頂尖級搜尋引擎，與這些合作夥伴共同分享利益。

二〇〇二至二〇〇三年，競價排名迅速成為千度主要收入來源，二〇〇四年，千度百分之八十收入來自競價排名。

對中國一直虎視眈眈的谷歌進入中國之後，成了千度最強有力的競爭對手。在面對谷歌咄咄逼人的競爭壓力時，代俊偉和商深多方對比，深耕細作，充分利用千度是中國人自己的搜尋引擎的優勢，在用戶習慣和用戶需求上下功夫，最終成功地打敗了谷歌，穩坐了中國第一搜尋引擎的寶座。

目前千度是瀏覽量中國第二、世界第六的網站。數據顯示，中國網路用戶有百分之四十八的搜索是透過千度完成的，因此千度有全球最大中文搜尋引擎之稱。

二〇〇四年中國搜尋引擎行業市場規模為十二點五億元，其中搜尋引擎營運商收入規模為六點三五億，管道代理商收入為六點二億，而千度佔據了中國搜尋引擎營運商收入市場分額的百分之廿八。獨特的商業模式的成功，使千度迅速成為中文搜尋引擎的老大。

伴隨著谷歌退出中國的同時，雅虎中國也兵敗中國，黯然收場。當年豪擲上億美元收購葉十三網站之舉，最終以徹底失敗而告終。

商深的預言得到了驗證。

二〇〇五年，千度在美國納斯達克上市，發行價為廿七美元。當日盤中一度突破一百五十美元，最後以一二二點五四美元收盤，漲幅高達百分之三五三點八五。千度的出色表現使之成為在美國上市的外國公司中，上市首日表現最好的一支股票。

作為持有千度股份的商深來說，在企鵝上市之後，就已經身家倍增了。在千度上市之後，他的財富再次翻了數倍。

到了芝麻開門上市之後，商深的身家更是再次翻了數十倍，達到天文數字。金錢對他來說，只是一個數字罷了，他最為自豪和滿足的，是親身經歷並且見證了無數傳奇的互聯網公司的誕生。

然而商深最引以為豪的並非是和三巨頭的密切關係，而是他成功地促成了兩家超級公司的誕生。

第一個是文盛西的北西商城。

二〇〇三年的非典，讓馬朵創建了「撿貝」。同樣，也讓文盛西創立了北西商城。

本來一直對電子商務不感興趣的文盛西，一直走的是連鎖店的模式。經過幾年的發展，到二〇〇三年時，已經在全國開了十二家連鎖店，事業蒸蒸日上。

正當文盛西想要再多開幾家連鎖店時，發生了非典，

此時的文盛西也和馬朵一樣，開始思索一個問題——實體店在非典期間遭受重創，但購物的需求還在，網購是最安全最快捷的購買方式，電子商務大有為可為。為此，文盛西特意邀請商深來家中作客，商量成立一家電子商城的可行性。

商深見時機成熟，就大力支持文盛西的想法，並且提出建議，認為北西商城應該要走和易趣、撿貝不一樣的路子，做自營式電商企業，走Ｂ２Ｃ（商家對客戶）之路。

文盛西聽取了商深的建議，非典結束後，北西開始在線上和線下同時賣貨。二〇〇四年一月，北西多媒體網電子商務網站上線，正式推出電商業務。

北西二〇〇四年的銷售額是六千萬，來自線下和線上的量分別為五千萬和一千萬。當時北西的線上業務基本不賺錢，利潤九成以上來自線下連鎖。雖然線上增長很快，但盈利微薄而且前景不是太好，誰也沒有想到，在這樣不樂觀的走勢下，二〇〇五年上半年，文盛西在一片反對聲中關掉十二家門市，決定只走電商之路。

所有人都不理解文盛西的做法，覺得文盛西瘋了。商深卻理解他並且大力支持，因為在未來，將是一個互聯網引導消費潮流的時代，儘管此舉有風險，但風險越大收穫就越大。

如果是代俊偉，或許不會走破釜沉舟之路，但文盛西本就是一個極有魄力喜歡冒險的人，所以商深堅信文盛西一定會成功。

到二〇〇七年六月，北西的日訂單處理量已經突破三千，物流配送成為巨大壓力。很快有人找上門，「今日資本」投資北西一千萬美元。直到上市前，北西總共融資二十多億美元。

文盛西持有的北西股票是有超級投票權的，他曾在內部表示，自己只要持有的股份不低於百分之七，就能完全控制北西。時至今日，融資無數次之後的北西，儘管文盛西的股份一再釋稀，他卻依然擁有百分之八十的投票權，依然牢牢地控制著北西。

二〇一四年五月廿二日上午九點，北西集團在美國納斯達克掛牌上市，開盤價廿一點七五，較發行價上漲百分之十四點五，並且開盤後一路上漲。

截止二〇一四年五月，北西市值超過三百億美元，且在中概股中排名第二。作為中國第一個成功赴美上市的大型綜合型電商平臺，與企鵝、千度等中國互聯網巨頭共同躋身全球前十大互聯網公司排行榜！

商深時常和文盛西開玩笑說，如果當年他沒有認識文盛西，現在他名下也沒有北西的股票，身家會縮水不少。文盛西回應商深，你就別得意了，你不就是想說，如果當年我沒有認識你，就沒有今天的我嗎？行，我承認你是一個具有超前眼光的商神！

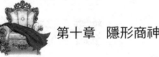

商深可不敢自稱商神，儘管不是一個人這麼叫他了，除了文盛西之外，還有馬朵。

在文盛西的北西商城壯大後，為了遏制芝麻開門在電子商務領域的過度膨脹，企鵝投資了北西，北西也成為馬朵心中唯一的痛，是馬朵無論如何也攻克不了的高地。

儘管後來芝麻開門幾乎買下了中國大半個互聯網，但北西商城獨立於芝麻開門的帝國之外巍然不動，成為一座孤峰。

對馬朵、馬化龍、代俊偉以及文盛西之間的交叉參股或是混戰，商深則是擺出置身事外的姿態，有競爭是好事，一家獨大終究不利於市場的長遠發展，就和微軟一樣，近些年來進步不大，就是市場佔有率太高的原因。有序而良性的競爭體制，才是保持旺盛的創造力和創新力的動力。

然而商深自認他最成功的投資還不是企鵝、芝麻開門、千度和北西，而是大稻，是歷隊。

二〇〇四年時，歷隊就成了千萬富翁。有錢之後，歷隊並沒有買房子買車，而是投資。一部分錢投到商深的拓海九州，一部分錢投給了一些創業者。

二〇〇七年，歷隊辭職了。辭職後的他，什麼事情都沒有做，足足沉寂了三年。三年內，除了商深，幾乎沒有人知道歷隊在做什麼。

歷隊到底在做什麼呢？在研究中國的電子數位產品市場。

二〇一〇年，歷隊出山了。出山後，他先找到以前一個關係不錯的朋友，說他想要創業，結果朋友沒有什麼表示。隨後歷隊又找了商深，才一說話，商深就拍板說道：「需要多少資金，我贊助你。」

歷隊欣慰地說：「我才註冊公司，連幹什麼都沒有想好，你就敢投資我，我剛見了一個朋友，也說了同樣的話，他卻說連做什麼都沒有想好，和我說什麼……不像你，問都不問就要投錢給我。」

商深笑道：「你怎麼回答你的朋友？」

「我說，唉，如果做好了，你自然會知道。」歷隊笑咪咪地問商深，「你想投資多少？」

「投資一家工廠……」商深埋藏已久的伏筆終於派上用場了，「未來製造為你提供所有支援。」

「知我者，商深也。」歷隊哈哈大笑，「我打算第一款產品先做一部手機，大稻手機。手機就由未來製造代工了。」

在談好了合作框架後，歷隊感慨地說道：「商深，雖然你比我還年輕，但在我的人生道路上，你就是我的導師角色。」

大稻科技從零起步，五年後，做出了估值五百億美元，甚至超越了北西

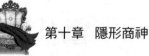

的成就。歷隊多次在公司的內部會議中如此評價商深：

「他是一個會去主動瞭解用戶心理的人，是一個懂技術，知道怎麼去做產品的人。是一個有遠見和能把握趨勢的人，同時，也是知道怎麼樣控制成本和尋找商業機會的人。很多人只懂一樣，但商深好像什麼都會。這樣的人，成功會是他很好的朋友，即便今天不和他同行，也會在某個拐角處等著他的人。」

馬朵評價商深志存高遠又腳踏實地。代俊偉評價商深綜合判斷能力超人，思想成熟度高。而馬化龍對商深的評價更高，說商深是他走到今天必不可少的導師和益友。

商深為人的理念就是天道酬勤，地道酬善，商道酬信，業道酬精！

誰也不知道商深擁有多少財富，但財富只是數字，人脈和管道才是重點。商深不需要拋頭露面，也不需要擔任哪一家大型上市公司的CEO，但他的影響力無處不在，而且透過關鍵人物影響到互聯網世界中發生的每一件大事。

「春風大雅能容物，秋水文章不染塵。」商深站在山頂之上，遙望北京，生發出感慨。

風和日麗的春天，商深和崔涵薇、徐一莫、藍襪、范衛衛一行到郊外春遊，除了幾人之外，還多了一個活潑好動的小寶寶——商深和崔涵薇的兒子商正道。

已經三歲的商正道正是調皮搗蛋的年齡，一會兒讓商深抱，一會兒又讓范衛衛抱，一會兒又纏著徐一莫不放，一刻也不閒著。還不時將頭埋在范衛衛和徐一莫的胸前找奶吃，惹得藍襪笑罵商正道是個小壞蛋。

商正道也是怪了，就是不讓藍襪抱，問他為什麼，他的理由振振有詞：「衛衛阿姨抱著舒服，一莫阿姨抱著幸福，藍襪阿姨抱著不好玩。」

到底怎麼個不好玩，他也說不清，反正他最喜歡徐一莫和范衛衛，讓藍襪憤憤不平，私下對商深說了句讓商深大感汗顏的話：「你兒子遺傳了你的流氓本性，就喜歡占衛衛和一莫便宜。」

商深大呼冤枉，天地良心，他還真沒有佔過范衛衛和徐一莫便宜。

「拓海九州下一步的發展方向，是繼續專注投資互聯網公司，還是實體和互聯網公司並重？」藍襪不和商深鬧了，說起正事。

「現在是互聯網的時代，肯定要互聯網和實體齊頭並進。」商深登高望遠，胸有丘壑，「未來的互聯網是無線互聯網時代，未來的實體，也是精品生存的時代。以前的中國製造要向高端質感轉型，只有從量到質的轉變，才是成功的轉型。」

「現在拓海九州參股、控股的公司有幾十家，總資產有五百億美元了吧？」藍襪望著不遠處在陽光下跳躍和嬉笑的崔涵薇、徐一莫以及商正笑道，心中充滿了幸福和喜悅。

「我沒認真估算，五百億肯定只多不少。如果上市的話會翻倍。」

商深背起雙手，有一種盪胸生層雲的豪邁，「以後拓海九州將以扶植中小創業者為主，讓更多人成功，才是我們存在的意義。」

當一個人從溫飽過度到了富裕，再由富裕上升到了成功，人生境界也會隨之提升。人生在世，最大的價值和意義就是被更多的人需要，幫助更多的人成就。讓自己成為許多人成功的基石，你才永遠立於不敗之地，才永遠成為別人心目中不倒的豐碑。

「葉十三！」藍襪用手指著不遠處的一個人影。

商深回頭一看，還真是葉十三。

葉十三一個人坐在一塊石頭上，形影相弔，正眯著眼享受陽光的愛撫。

只不過他顯得蒼老了許多，一個人落寞而無助。

「可惜……」商深搖搖頭，想起葉十三的遭遇，想說什麼又覺得語言太蒼白無力了。

在出售了未來製造後，葉十三在伊童的幫助下暗中收購了部分伊氏的股份，想以大股東的身分擁有更大的發言權。

伊童出於對葉十三盲目的愛，將自己名下的股份都轉移到葉十三名下，葉十三終於成為伊氏的第二大股東。隨後，葉十三成功地在董事會發動「政變」，說服其他股東重組董事會，他如願以償地當上了董事長兼ＣＥＯ。

執掌伊氏大權後的葉十三，開始了一連串大刀闊斧的改革，打算推廣自己的理論。伊重想要阻止葉十三卻無能為力，還是讓葉十三的想法得以實施。

只是和葉十三美好想像中不一樣的是，他的改革並沒有收到預期效果，相反，卻將伊氏推到了瀕臨破產的邊緣。最後惹得天怒人怨的葉十三只好引咎辭職，從伊氏退出，並且轉讓了名下股份。

對葉十三失望透頂的伊童提出了離婚。葉十三也沒堅持，同意離婚。離婚後，他一個人獨居，也不知道在做些什麼。或許他已經失去了對事業追求的信心。

商深本想幫葉十三，在通過電話後，他打消了這個念頭。葉十三話裡話外透露的意思是，他就算餓死也不會接受他的施捨。

人生就是一條奔流不息的河流，你永遠不知道下一個拐彎會遇到愛還是遇到恨，也不知道會在激流中成功還是在湍流中沉沒。

商深望著如日中天的太陽，微微一笑：

「投機取巧的時代已經遠去了，以後，會是有正知正見、有智慧有眼光的人的世界，與智者為伍，與良善者同行，心懷蒼生，大愛無疆。心胸越寬廣，成就就越無限。」

本書完。敬請期待最新出版《這一代的武林》

山雨欲來，一場驚天風暴正要席捲武林……
只聽過斧頭幫跑單幫，
鐵掌幫是個什麼幫？
果真是高手在民間？
還是武俠小說看多了？
不是舞鞋也不是五邪，
武協又是哪位同學？
高手紛紛來踢館，
難道是真人挑戰實境秀？
這一代的武林
每個人心中都有一座武林！
【壹決戰前夕】
【貳街霸秘笈】
12/20 正式出道
起點中文網好評推薦 放膽來踢館，爆笑絕無冷場！

當代商神 10 隱形商神

作者：何常在
發行人：陳曉林
出版所：風雲時代出版股份有限公司
地址：10576台北市民生東路五段178號7樓之3
電話：(02) 2756-0949
傳真：(02) 2765-3799
執行主編：朱墨菲
美術設計：吳宗潔
行銷企劃：林安莉
業務總監：張瑋鳳

初版日期：2018年12月
版權授權：閱文集團
ISBN：978-986-352-641-4

風雲書網：http://www.eastbooks.com.tw
官方部落格：http://eastbooks.pixnet.net/blog
Facebook：http://www.facebook.com/h7560949
E-mail：h7560949@ms15.hinet.net
劃撥帳號：12043291
戶名：風雲時代出版股份有限公司

風雲發行所：33373桃園市龜山區公西村2鄰復興街304巷96號
電話：(03) 318-1378
傳真：(03) 318-1378
法律顧問：永然法律事務所 李永然律師
北辰著作權事務所 蕭雄淋律師

行政院新聞局局版台業字第3595號 營利事業統一編號22759935

定價：280元　特惠價：199元

國家圖書館出版品預行編目資料

當代商神 / 何常在著. -- 初版. -- 臺北市：風雲時代,
2018.07-　冊；　公分

ISBN 978-986-352-641-4（第10冊；平裝）

857.7　　107007803